Arena-Taschenbuch
Band 2556

D1734604

Bettina Ansorge,
geboren 1949, lebt nach vielen Aktivitäten
als Malerin und Kinderbuchautorin
jetzt als freie Schriftstellerin in Torsholt.

*»Diese Geschichte, die tatsächlich so geschehen ist, ist wie ein
Aufschrei angesichts all der Hoffnungslosigkeit, eine Erzählung,
über die es sich zu diskutieren lohnt und die zum Reden und
Sich-Wehren geradezu herausfordert.«*
Eselsohr

Bettina Ansorge

Wenn nichts mehr bleibt als Schweigen

Arena

1. Auflage als Arena-Taschenbuch 1996
Lizenzausgabe des Patmos Verlags, Düsseldorf
© 1993 Patmos Verlag Düsseldorf
Reihenkonzeption und Umschlagillustration: Wolfgang Rudelius
Gesamtherstellung: Westermann Druck Zwickau GmbH
ISSN 0518-4002
ISBN 3-401-02556-2

Ein letzter Tag im Oktober. Sonnenlos, kalt, durchwoben von dünnem Nebel. In Gedanken an meine Freundin versunken schritt ich durch das trockene Eichenlaub, raschelnd stob es im Wind vor mir her. Als ich durch die Pforte auf ihr Haus zuging, erschien sie in der Haustür. Ganz in Schwarz.

Mitgefühl stieg in mir hoch. »Du hast Trauer?«

Sie schüttelte den Kopf. »Dienstliche Angelegenheit.« Ein resigniertes Lächeln glitt über ihr Gesicht.

Ich folgte ihr in unsere gewohnte Sitzecke, ließ mich in den Sessel sinken. Eine Weile besprachen wir Ereignisse, die uns bewegten. Dann kam meine Freundin zur Sache, legte einen Stapel dicker bunter Schulhefte auf den Tisch. Ich besah sie mir, ohne sie zur Hand zu nehmen.

»Was ist das?« Fragend blickte ich meine Freundin an.

»Tagebücher.«

»Woher hast du die?« Ich nahm eines der Hefte zur Hand; kindliche Schrift, wahrscheinlich die eines Jungen.

»Von einem David Asmus, du kannst sie verwenden...«

Ich blätterte darin herum. »Wieso verwenden?« fragte ich.

Meine Freundin sah mich ernst an. »Du solltest sie lesen«, meinte sie, »dann die Geschichte schreiben.«

An ihrem Gesicht erkannte ich, wie wichtig ihr die Sache war.

»Erzähle mir, wie du darangekommen bist.«

Sie kam meinem Wunsch nach, berichtete von dem merkwürdigen Weg, der sie zu diesen Tagebüchern geführt hatte – wieder einmal eine Geschichte, die mir zu denken gab.

»Und er hat dir das einfach alles überlassen?« Ich runzelte die Stirn, konnte es immer noch nicht recht glauben.

»Vor langer Zeit schon«, nickte meine Freundin.

»Was ist mit dem Jungen, wo ist er jetzt?« Ich sah in ihr ernstes Gesicht. Sie zündete sich eine Zigarette an, stieß den Rauch aus, blickte ihm gedankenvoll nach.

»Ich bringe dich zu ihm, wenn du seine Geschichte geschrieben hast.«

Ich lächelte. »Am besten gleich beginnen, oder wie?«

»Am besten ja«, auch meine Freundin lächelte jetzt. Sie wußte, wie ans Ziel zu kommen war. Wieder einmal hatte sie mich.

»Du hältst Wort?« fragte ich, trank meinen Tee aus, erhob mich langsam.

»Warum nicht? Immerhin mußt du das Ende der Geschichte wissen.«

Wir gingen zur Haustür; sie übergab mir die Tasche, in die sie die Tagebücher verstaut hatte. Ihre Augen streiften mich, müde, etwas bedrückte sie. Ich fragte nicht nach dem Grund, reichte ihr nur zum Abschied die Hand.

»Ich melde mich, sobald die Geschichte geschrieben ist.« Ich klappte meinen Kragen hoch, trat hinaus in den Nebel. Sah mich noch einmal um. Meine Freundin nickte, wortlos schloß sie die Tür. Sie verließ sich auf mich, wie immer.

Samstag, 22. April

Es war fünf Minuten nach zehn, als Wachtmeister Strese sein kleines Dienstzimmer in der unteren Etage eines roten Backsteingebäudes betrat; in der Hand hielt er seinen dampfenden Frühstückskaffee, der Kollege von nebenan hatte ihn gekocht. Gerade hatte der Sprecher die Nachrichten beendet, einen Rest der Wettervorhersage bekam Strese noch mit: »Ausläufer eines Sturmtiefs überqueren am Wochenende ganz Deutschland, dabei ist mit heftigen Regenfällen sowie Orkanböen mit Windstärke bis...«

Strese knipste das Radio aus; er hatte genug gehört.

»Scheißwetter«, murmelte er, trat ans Fenster, verzog das Gesicht. Mit leerem Blick starrte er hinaus in den strömenden Regen. Keine Menschenseele, nichts als ödes Straßengrau... soweit das Auge reichte. Der Wachtmeister seufzte. Er haßte Regen, haßte trostlose, stürmische Apriltage wie diesen. Nichts passierte, nichts spielte sich ab; nicht auf der Straße, nicht auf der Wache...

Ehekrach beim Frühstück, das war alles, was man in seinem Alter erwarten konnte; mit fünfundfünfzig war nicht mehr rauszuholen vom Leben...

Er wollte sich eben eine Zigarette anzünden, als das Telephon ihn aus seinen trüben Gedanken riß. Er sprang hinzu und nahm den Hörer zur Hand. »Polizeirevier Waldstraße, Strese.«

Eine rauhe, nicht mehr junge Stimme antwortete ihm.

»Ist da die Schutzpolizei?«

»Sagte ich doch«, erwiderte Strese. »Was gibt es denn?«

Der Mann räusperte sich. »Tja, also, ich bin Binnenschiffer..., bin auf dem Kanal unterwegs...«

»Schon gut«, meinte der Wachtmeister, »was haben Sie denn zu melden?«

»Moment, Moment«, entgegnete der Mann unwirsch, »also auf meinem Schiff, genauer gesagt, auf dem Achterdeck hinter dem Ruderhaus, da liegt ein Junge..., er rührt sich nicht«, fügte er rasch hinzu.

Strese klemmte sich hinter seinen Schreibtisch. »Von wo sprechen Sie denn jetzt?« Er nahm Block und Stift zur Hand.

»Na, vom Hafen, habe da festmachen müssen, was sollte ich sonst tun?«

Der Wachtmeister notierte sich die Angaben des Schiffers.

»Ich brauche noch Ihren Namen, bitte«, sagte er.

»Hans Hanken«, murmelte die Stimme am anderen Ende der Leitung.

»Seit wann liegt der Junge denn auf Ihrem Achterdeck?«

»Sie sind gut..., wenn ich das wüßte, habe ihn ja selbst gerade erst entdeckt.« Wieder räusperte sich der Mann. »Wollte zu meiner Frau, mir meinen Tee holen, zum zweiten Frühstück, verstehen Sie..., na ja, da habe ich den Bengel gesehen.«

»Und Sie haben keine Vermutung, wie der auf Ihr Schiff gekommen ist?« Strese schien plötzlich sehr aufgeräumt; nun brachte ihm der Tag ja doch noch was...

»Sie stellen Fragen, Herr Wachtmeister. Bei so 'nem Wetter, seit sechs bin ich unterwegs, höre nichts als Sturm und die Maschine, ne, wirklich nicht.«

Strese legte den Stift aus der Hand. »Also gut, mein Kollege und ich kommen zu Ihnen raus.«

»In Ordnung«, der Schiffer atmete erleichtert auf, »übrigens, mein Schiff heißt Ingerid – Ingerid II, nur, daß Sie's wissen.«

»Alles klar«, Strese hängte den Hörer ein, angelte sich seine Regenjacke aus dem Spind und ging rüber zu seinem Kollegen Lunau.

»Heinz«, meinte er gewichtig und knöpfte sich den letzten Knopf seiner Dienstjacke zu,« wir haben Meldung, draußen vom Hafen, jemand ist gefunden worden.«

»Verfluchtes Wetter«, Wachtmeister Lunau bückte sich nach seiner Mütze, die der Sturm ihm vom Kopf gerissen hatte. Mißmutig folgte er seinem Kollegen, der sich durch den peitschenden Regen über die Kaimauer hin zu dem Schiffer kämpfte. In einen schwarzen Gummimantel gehüllt, stand der Mann auf dem Achterdeck und winkte ihnen heftig zu.

»Sehen Sie bloß!« brüllte er, als die Schutzpolizei sich ihm näherte, »der Knabe hat Schnaps bei sich.« Er wies auf die Flasche, die unter der gekrümmten Gestalt des Jungen hervorguckte.

»So jung und schon Sprit«, er schüttelte den Kopf, »man soll's nicht glauben.«

Lunau schob den Mann beiseite, kniete sich neben den Jungen und schnupperte dessen Atem.

»Voll«, meint er kurz, »hat 'ne Fahne, aber kräftig.« Er besah sich den Jungen, der kaum älter war als dreizehn. Der Wachtmeister dachte an seinen eigenen Sohn, der dreizehn war und nicht größer als dieser Bengel hier; ein hübsches Bürschchen, irgendwie. Obwohl das Gesicht keine Farbe zeigte, bleich war es wie bei einem Toten. Lunau befühlte die Kleidung. »Durchnäßt bis auf die Haut«, meinte er, »der liegt mindestens schon eine Stunde hier.«

Er versuchte, den Jungen wachzurütteln. Vergeblich, nichts tat sich. Der Schiffer grinste. »Der ist bewußtlos vom Saufen, der muß erst mal seinen Rausch ausschlafen.«

»Das glaube ich nicht«, Lunau erhob sich, »Heinz, rufst du mal einen Krankenwagen!«

Strese nickte. Mit dem Ärmel wischte er sich den Regen aus dem Gesicht; dann machte er sich davon, war in wenigen Sätzen vom Deck. Während er über die Zentrale einen Krankenwagen anforderte, untersuchte Wachtmeister Lunau die Taschen des Bewußtlosen. Irgendwelche Papiere, einen Ausweis, das mußte es doch geben.

Er irrte. Nichts fand sich. »Merkwürdig«, meinte er und stellte die Schnapsflasche sicher. Wodka! Schönes Kaliber für ein so zartes Bürschchen. Kopfschüttelnd betrachtete er die leere Glasflasche. Wieder grinste der Schiffer, seine Augen hingen vielsagend an dem Gesicht des Jungen.

»Feines Kerlchen, was? Sieht fast aus wie ein Mädchen, finden Sie nicht?«

Wachtmeister Lunau schwieg. Der Mann ging ihm auf die Nerven, am liebsten hätte er ihn zum Teufel geschickt.

Schwätzer, die haßte er. Er wollte gerade das Thema auf etwas anderes lenken, als er den Krankenwagen hörte. Mit schriller Sirene näherte der sich dem kleinen Hafenbecken.

»Gott sei Dank«, dachte Lunau und warf einen erleichterten Blick zu dem haltenden Fahrzeug. Er war froh, den Jungen bald in Sicherheit zu wissen. Immer wieder kam ihm sein eigener Sohn in den Sinn. Was, wenn Simon so aufgegriffen würde...

Voller Ungeduld sah er zu, wie die beiden Krankenträger Strese zum Schiff folgten, mit der Bahre den Kahn betraten und sie schnellen Schrittes über Deck balancierten. Mit geübtem Griff bargen sie den Bewußtlosen.

»Er hat keine Papiere bei sich«, erklärte Lunau. Die Männer sahen kurz auf und nickten.

»Wir geben Meldung nach L.«, fuhr der Wachtmeister mit einem schnellen Blick auf Strese fort, »vielleicht liegt dem 1. K. ja was vor.«

»Gut«, die Träger ergriffen die Bahre. Lunau und Strese verfolgten, wie sie sich durch den Sturm arbeiteten, über den Kai eilten und die Bahre ins Wageninnere schoben. Mit Blaulicht verschwanden sie hinter der Biegung der schwarzen Asphaltstraße.

»Wir müssen noch ein Protokoll aufnehmen«, Strese wandte sich an den Schiffer, »gibt's irgendwo ein trockenes Plätzchen?«

Der Mann nickte. »Kommen Sie, meine Frau macht uns Kaffee.« Sie gingen unter Deck. In der Kombüse schlug ihnen feuchte Wärme entgegen. Die Männer klopften den Regen von den Jacken und nahmen ihre Dienstmützen vom Kopf.

»Tag«, murmelten sie und nickten der Frau zu, die mit aufgewickeltem Haar am Tisch saß und Strümpfe stopfte. Sofort erhob sie sich.

»Entschuldigen Sie«, mit dem Daumen wies sie auf ihr graues, noch feuchtes Haar, »heute ist mein Waschtag.«

Ohne ein Wort ihres Mannes machte sie sich daran, Kaffee zu brühen. Strese rückte zu Lunau in die Bank, zog Block und

Stift hervor. »Dann wollen wir mal«, meinte er und sah den Schiffer abwartend an. Der setzte sich zu ihnen. »Schießen Sie los«, sagte er und begann sich eine Pfeife zu stopfen. So was, das gefiel ihm.

»Glaubst du, es ist allein der Alkohol?« Strese, der den Dienstwagen zurück zum Revier steuerte, warf einen flüchtigen Seitenblick auf Lunau. Sein Kollege machte ein nachdenkliches Gesicht.

»Bin mir nicht sicher. Könnte doch auch ein Unfall sein, oder?« Er fischte sich sein Zigarettenpäckchen aus der Tasche, hielt es Strese unter die Nase. »Willst du?« Der verneinte. Lunau zündete sich eine von den schwarzen, filterlosen Zigaretten an.

»Ich muß immerzu an den Jungen denken«, meinte er, »der sah so gar nicht nach Schnaps aus.«

Strese nickte. »Bin gespannt, ob denen in L. was vorliegt«, murmelte er, »vielleicht gibt's ja 'ne Vermißtenmeldung.« Dann drosselte er das Tempo, eine Ampel zeigte Rot.

Als die beiden Schutzbeamten ihre Dienststelle erreichten, rief Strese gleich beim ersten Kommissariat in L. an.

»Hier Strese von der Schutzpolizei in B.«, dröhnte er in den Hörer.

»Hier Oberwachtmeister Lauenstein. Was gibt's, Herr Kollege?«

»Haben einen Jungen aufgefunden: etwa dreizehn bis vierzehn Jahre alt, dunkles Haar, blaue Jeans, grüner Parka, Boots. Liegt bei euch eine entsprechende Vermißtenmeldung vor? Der Junge hatte keine Papiere bei sich.«

»Moment bitte.« Es entstand eine Pause. Strese hörte, wie der Kollege am Computer hantierte.

»Also, bei uns liegt nichts vor«, gab Lauenstein schließlich durch. »Jedenfalls bis jetzt nicht. Wo habt ihr den Jungen denn aufgefunden?«

»Auf dem Achterdeck eines Binnenschiffes, vor gut einer Stunde.«

»Sobald wir was haben, melde ich mich.« Der Oberwachtmeister beendete das Gespräch. Auch Strese hängte den Hörer ein. Nachdenklich starrte er vor sich hin. Dann begab er sich zu Lunau, der an der Heizung lehnte. In der Hand hielt er einen Becher Kaffee.

»Nichts?« Er sah Strese fragend an.

»Nichts«, erwiderte der.

»Am besten, wir geben ein Fernschreiben raus, dann ist die Sache erledigt.«

So erreichte um 12 Uhr 20 alle Dienststellen der Bundesrepublik die von Wachtmeister Lunau aufgesetzte Fernmeldung. Sie gab eine genaue Beschreibung des Jungen ab.

Eine Stunde später, um 13 Uhr 20, wußten die beiden Schutzpolizisten, daß das Fernschreiben nichts eingebracht hatte. Eine entsprechende Rückmeldung war nicht eingegangen.

»Meinst du, es kommt noch was?« Lunau blickte seinen Kollegen zweifelnd an. Strese schaute zur Wanduhr. »Was weiß ich, noch zweieinhalb Stunden bis Dienstschluß. Vielleicht geschieht ja noch ein Wunder.«

Lunau verzog das Gesicht. »An Wunder glaube ich nicht«, murmelte er und begab sich zu seinem Schreibtisch, um in einer aufgeschlagenen Akte zu blättern. Auch Strese klemmte sich hinter seinen Schreibtisch.

Die Sache würde sich schon aufklären, dessen war er sich sicher.

Als bei Dienstschluß der beiden Beamten noch immer keine Meldung eingegangen war, wußten sie, daß ihr Fernschreiben erfolglos geblieben war.

»Hast du noch was Bestimmtes vor?« Lunau hängte seine Mütze in den Schrank und sah über die Schulter hin zu Strese. Der stand in der Tür und wartete auf den Kollegen.

»Warum? Noch ein Bier zum Wochenende?«

Lunau schüttelte den Kopf. »Quatsch«, meinte er, »ich möchte noch nach dem Jungen gucken, irgendwie geht der mir nicht aus dem Kopf.«

»Ohne mich«, Strese verzog das Gesicht, »ich muß zu meiner Frau, gab Krach heute früh, na ja, du weißt schon…«
Lunau nickte verständnisvoll. »Dann mach's gut«, grinste er. Mit wenigen Schritten war er aus dem Gebäude, hastete durch den Regen zu seinem Wagen. Auch Strese eilte zum Auto.
»Schönes Wochenende!« rief er seinem Kollegen vielsagend zu; Lunau hatte Sonntagsdienst. Die Beamten winkten einander kurz zu, dann fuhren sie vom Hof, jeder in eine andere Richtung.

Im Städtischen Krankenhaus angekommen, war es für Wachtmeister Lunau keine einfache Sache, Station und Zimmernummer des eingelieferten Jungen zu erfahren. Schließlich aber erreichte er sein Ziel.
»Guten Tag«, meinte er zu einer Schwester, die den Geschirrwagen zum Nachmittagskaffee vor sich herschob, »ich hätte gern eine Auskunft von Ihnen.«
»Bitte.« Die Schwester sah den Beamten abwartend an.
»Der bewußtlose Junge von Zimmer sechs, wie geht es ihm wohl?«
Die junge Schwester strich sich eine Haarsträhne aus dem Gesicht.
»Er ist immer noch ohne Bewußtsein«, erwiderte sie, Lunau musternd.
»Hat man sonst etwas feststellen können?«
Die Schwester nickte. »Prellungen, Rippenfrakturen«, entgegnete sie, »und eine Gehirnerschütterung. Aber vielleicht fragen Sie besser den Stationsarzt.«
Lunau machte ein nachdenkliches Gesicht. »Wann ist denn der zu sprechen?«
»Montag früh«, antwortete die Schwester, nahm eines der Tabletts und verschwand damit in einem Krankenzimmer.
Lunau sah ihr abwesend nach. Dann eilte er in großen Schritten dem Ausgang entgegen. Ihn drängte es plötzlich nach Hause. Heim zu Frau und Sohn. Schließlich war Wochenende; wenigstens für den Rest des Tages.

Sonntag

Auf der Polizeiwache in B. herrschte außergewöhnliche Ruhe. Wachtmeister Lunau lehnte in seinem Stuhl. Er hatte Kopfschmerzen und war übel gelaunt. Das Wetter war ihm aufs Gemüt geschlagen. Er fühlte sich lustlos; hätte am liebsten den Tag im Bett verbracht.

Als er um 12 Uhr 15 sein Frühstücksbrot auspackte, es zum Kaffee vertilgen wollte, den Kollege Hanke ihm eben gebracht hatte, klingelte das Telephon.

»Hallo, Heinz, hier Carl, wie geht's dem Jungen?«

»Noch immer bewußtlos. Habe vorhin im Krankenhaus angerufen«, erwiderte Lunau. »Wieso fragst du? Du hast doch frei.«

»Ach, nur so. Die Helga meinte, der wäre bestimmt aus dem neuen Heim. Weißt du, das am Kanal.«

Schweigen. Lunau entsann sich; irgendein Heim war da mal eingeweiht worden, das aber war schon eine Ewigkeit her. Mehr als zwei Jahre; wie konnte Carl da von neu sprechen?

»Du weißt, welches Heim ich meine?« hakte Strese nach, »ist 'ne ganze Ecke von uns entfernt.«

»Jaja«, antwortete Lunau ungeduldig, obwohl er sich nicht erinnerte.

»Du weißt, die Helga hat manchmal so Eingebungen..., wollte es dir nur durchgeben. Vielleicht hörst du ja was; vielleicht wird der Junge ja da vermißt. Du weißt, in so einem Heim dauert das immer, bis die was melden.«

»Ich weiß«, erwiderte Lunau müde; sein Kollege nervte ihn. Ihm war nach Ruhe; sein Kopf schmerzte, er wollte seinen Kaffee und sein Brot.

»Das war's schon, Heinz, schönen Sonntag noch.«

»Danke.« Lunau schob das Telephon von sich.

Helga mit ihren Eingebungen, dachte er. Dann biß er kräftig in seine Käsestulle.

Während des Gespräches zwischen Lunau und Strese läutete nebenan bei Wachtmeister Hanke gleichfalls das Telephon.

»Polizeirevier, Wachtmeister Hanke.« Der Beamte setzte sich

aufrecht. Er war ein hagerer Typ mit strenger Dienstauffassung. Nichts ließ er unnotiert. So legte er sich Papier und Stift zurecht und fragte:

»Wer spricht denn da?«

Eine Mädchenstimme meldete sich, jung war sie, leicht zögerlich.

»Ich möchte etwas fragen...«

Hanke zog die Brauen zusammen. »Wer spricht da bitte?« wiederholte er, diesmal in barschem Ton.

»Das möchte ich nicht sagen«, meinte das Mädchen, »ist ja auch nicht wichtig...«

»Nicht wichtig«, Hanke wurde ungeduldig, »das ist doch wichtig! Personen, die etwas melden oder eine Auskunft haben möchten, müssen uns in jedem Fall ihren Namen nennen!«

Schweigen.

»Ich will ja nichts Besonderes«, begann das Mädchen schließlich von neuem, »ich möchte nur wissen, an wen man sich wenden muß, wenn man jemanden sucht.«

»An uns natürlich.« Wachtmeister Hanke schüttelte den Kopf, eine so dumme Frage war ihm noch nicht untergekommen.

»Aber den, den ich suche, der ist nicht hier.«

»Wenn Sie wissen, mein Fräulein, daß die Person, die Sie suchen, nicht hier ist, wieso suchen Sie sie denn?« knurrte Hanke.

»Na ja, ich...«

»Wenn die Person sich nicht hier befindet, dann wissen Sie doch, wo sie ist«, unterbrach der Beamte mürrisch, »dann erübrigt sich die Frage.«

»Nein«, murmelte das Mädchen, »tut sie eben nicht.« Hanke wurde neugierig. »Also gut«, sagte er. »Zunächst, wer spricht da?« Jetzt wollte er der Sache auf den Grund gehen. Doch da zeigte ihm das Klicken am anderen Ende der Leitung an, daß das Mädchen eingehängt hatte.

»Verrücktes Huhn«, brummte er, schob seinen Stuhl zurück und ging rüber zu seinem Kollegen Lunau. Das mußte er loswerden.

»Hatte eben einen komischen Anruf«, meinte er zu Lunau, der kauend an seinem Schreibtisch saß und die Wochenendzeitung las.

»Was war denn?« Unwirsch blickte er auf, noch hatte er sein Brot nicht in Ruhe zu Ende gegessen.

»Ein Mädchen«, erklärte Hanke, »wollte wissen, an wen man sich wenden muß, wenn man jemanden sucht.«

»Wenn man jemanden sucht?« Lunau legte sein Brot aus der Hand. »Das ist allerdings wirklich merkwürdig.«

»Fand ich auch«, unterbrach sein Kollege ihn, »erstens, weil das Mädchen seinen Namen nicht nennen wollte, und zweitens, weil es wußte, daß die Person nicht hier zu suchen ist.«

»Hat sie dir denn eine Beschreibung gegeben, gesagt, um wen es sich handelt?« Lunau runzelte die Stirn.

»Hat sie nicht.« Hanke schüttelte den Kopf.

»Hast du denn nicht gefragt?« Lunau zog seine Zigarettenschachtel aus der Tasche.

»Wieso sollte ich?« Hanke fuhr sich durch das Haar, irgendwie war er ärgerlich, »die hat ja nicht mal ihren Namen gesagt. Und ohne den frage ich nach nichts.« Er ging zur Tür und öffnete sie. »Und im übrigen, die hat ja auch plötzlich eingehängt.«

»Plötzlich eingehängt?« Lunau machte ein finsteres Gesicht, er kannte die Art seines Kollegen, »umsonst hängt keiner plötzlich ein, bei mir jedenfalls nicht.«

»Bei dir jedenfalls nicht? Was soll das heißen?« Für Sekunden starrte Hanke seinen Kollegen wütend an, dann verließ er das Zimmer, zog krachend die Tür ins Schloß. »Der spinnt wohl«, stieß er hervor. Dann verschwand er in der Toilette, seinen Ärger, den mußte er mit kaltem Wasser abwaschen. Ein klarer Kopf war alles.

Die frühen Nachmittagsstunden verliefen ruhig. Nichts ereignete sich, kein nennenswerter Anruf störte die träge Sonntagsruhe der beiden Beamten. Nur der Regen vor dem Fenster brachte Lärm, unaufhörlich rann er vom Dach in die überlaufende Auffangrinne, stürzte von dort mit lautem Geplätscher auf die Steine unter dem Fenster. Lunau warf einen düsteren Blick hinaus, seine Laune hatte sich nicht gebessert. Wenigstens aber waren die Kopfschmerzen im Abklingen. 14 Uhr 45, noch knapp zwei Stunden, dann endlich winkte ihm der verdiente Feierabend. Der Beamte erhob sich, ein letzter Kaffee konnte nichts schaden. Da läutete das Telephon. »Polizeirevier Waldstraße.« Lunau setzte sich auf die Schreibtischkante.

»Hier Steiner, Christopherusheim«, antwortete ihm eine zurückhaltende Männerstimme, »ich habe eine Vermißtenmeldung aufzugeben.«

Eine Vermißtenmeldung! Lunau durchfuhr ein Blitz! Er spürte, jetzt endlich kam Licht in die Sache. Mit einem Satz war er hinter seinem Schreibtisch.

»Ja bitte, ich höre«, sagte er, obwohl er wußte, daß die Angelegenheit Sache der Kollegen in L. war.

»Es handelt sich um einen Jungen..., um David Asmus, seit zwei Tagen ist er verschwunden.«

Pause.

»Der Junge gehört in Ihr Heim?« fragte Lunau schließlich. Ihm fiel Helga ein; Helga mit ihren Eingebungen.

»Ja, seit einem halben Jahr ist er bei uns.« Der Mann holte hörbar Luft. »Ich hatte für zwei Tage Urlaub, wissen Sie, Familienangelegenheiten. Nun komme ich zurück und höre so was!«

»Handelt es sich bei David um einen dunkelhaarigen Jungen – ca. dreizehn Jahre alt, mit Parker und Jeans bekleidet?«

»Genau! Das ist David Asmus«, bestätigte der Mann, »woher wissen Sie das?«

»Er wurde auf einem unserer Binnenschiffe bewußtlos aufgefunden; man hat ihn ins Städtische Krankenhaus nach L. gebracht.«

»Mein Gott, was ist denn passiert?«

»Das wissen wir bisher nicht. Übrigens trug er keinerlei Papiere bei sich, war also nicht zu identifizieren.«

»Mein Gott«, brachte der Heimleiter noch einmal hervor.

»Herr Steiner, die Vermißtenmeldung ist Sache der Kollegen in L. Sie müßten sich dort beim ersten Kommissariat melden. – Wahrscheinlich möchten Sie auch nach David gucken, oder?«

»Aber selbstverständlich!«

»Dann verbinden Sie am besten Krankenhaus und Revier miteinander.«

»Werde ich tun, vielen Dank, Herr Wachtmeister.«

»Keine Ursache«, Lunau lächelte, er war erleichtert. Irgendwie war er froh. Aufatmend zündete er sich eine Zigarette an. Dann begab er sich zu Kollege Hanke, um zu berichten.

Eine Stunde später, um 15 Uhr 45, klopfte es an die Tür des Dienstzimmers von Kommissar Leinert. Der sah von seinem Schreibtisch auf. »Ja bitte!« rief er und blickte dem Eintretenden entgegen. Der knochige, schon ältliche Mann nahm seinen Hut vom Kopf.

»Bin ich hier richtig, beim ersten K.?«

»Sind Sie«, Leinert nickte. »Nehmen Sie Platz, was kann ich für Sie tun?«

Der Besucher setzte sich und schlug die Beine übereinander. »Mein Name ist Steiner, ich bin Leiter des Christopherus-Heimes«, stellte er sich vor, »eigentlich hatte ich eine Vermißtenmeldung, die sich jedoch schon aufgeklärt hat.«

»Schon aufgeklärt?« Der Kommissar verstand nicht ganz. Steiner nickte, dann berichtete er von dem Telephongespräch, das er vor einer Stunde geführt hatte. »Der Wachtmeister legte mir nahe, mich wegen des Jungen persönlich bei Ihnen zu melden.«

»Das ist richtig.« Leinert begann, seine Pfeife zu stopfen. »Sind Sie sicher, daß es sich in diesem Fall um Ihren Vermißten handelt?« fragte er, ein Streichholz anreißend.

»Bestimmt.« Der Heimleiter drehte seinen Hut in der Hand, »die Beschreibung paßt genau auf David Asmus.«

Der Kommissar nickte; sinnend blickte er in den blauen Pfeifendunst, der zwischen ihm und Steiner aufstieg. »Der Junge ist bisher ohne Bewußtsein«, meinte er nachdenklich. »Wir mußten die Angelegenheit an die Kollegen von der Kriminalpolizei weitergeben, ein Fremdverschulden ist nicht auszuschließen.«

»Fremdverschulden?« Sein Gegenüber wurde unruhig.

»Nun ja, der Junge könnte zum Beispiel einem Mißbrauch zum Opfer gefallen sein, versuchter Totschlag ist ebenfalls nicht auszuschließen, immerhin weist sein Körper einige Verletzungen auf. Wußten Sie übrigens, daß er Alkohol trank?«

Steiner fuhr auf. »David und Alkohol? Das kann ich mir nicht denken.«

»Ist aber so, wir fanden eine leere Wodkaflasche bei ihm.«

Der Heimleiter schwieg. »Wissen Sie«, brachte er schließlich leise hervor, »die Sache ist mir äußerst unangenehm«, er befeuchtete sich die Lippen, »so etwas fällt immer auf den Leiter eines Heimes zurück, verstehen Sie?«

»Verstehe ich«, erwiderte der Kommissar, »machen Sie sich trotzdem nicht zuviel Gedanken, der Junge ist gefunden und lebt, das allein zählt.«

»Sie haben recht.« Steiner erhob sich, »im übrigen ist es nicht das erste Mal, daß so was bei uns vorkommt... na ja.«

Der Kommissar nickte, dabei musterte er die hagere, hochgewachsene Gestalt des Mannes; so stehend, wirkte er linkisch und unbeholfen. Irgendwie tat ihm dieser Steiner leid. »Hören Sie«, auch Leinert erhob sich von seinem Platz, »ich muß Sie noch darauf aufmerksam machen, daß wir auf eine formelle Vermißtenanzeige verzichten können, wir wissen ja nun, um wen es sich handelt. Und Sie wissen, wo Sie Ihren David finden können.«

»Allerdings!« Steiner schritt auf die Tür zu, »haben Sie noch Fragen, Herr Kommissar?«

»Im Augenblick nicht«, lächelte Leinert beschwichtigend, »wir müssen warten, was sich bei der Sache herauskristallisiert.«

»Natürlich«, der Heimleiter reichte dem Kommissar die

Hand, »falls was ist, bitte rufen Sie vorher durch, daß Sie mich auch antreffen.«

»Wird gemacht.« Einen Moment blieb Leinert an der Tür stehen, horchte den sich entfernenden Schritten des Heimleiters nach. Dann wandte er sich seinen Akten zu, schob die Sache David Asmus gedanklich beiseite.

Eine dreiviertel Stunde später trat Steiner durch die Schwingtür von Station II des Städtischen Krankenhauses.

»Schwester, ich möchte zu David Asmus, wo finde ich ihn?«

Das junge Mädchen musterte den Mann. »Der liegt in Zimmer 6«, erwiderte sie ohne Interesse, »aber wach ist der nicht, das sage ich Ihnen gleich.«

»Kann ich trotzdem zu ihm?«

Die Schwester musterte den Mann erneut. »Warum nicht? Aber seien Sie leise«, fügte sie barsch hinzu. Steiner nickte, ihn ärgerte das Benehmen der jungen Frau. Wortlos steuerte er auf Zimmer 6 zu, öffnete die Tür und trat ins Halbdämmer des Krankenzimmers. Im Bett erkannte er David Asmus. Der Junge schien noch blasser als sonst; sein Gesicht sah klein und fremd aus. Wie das eines Mädchens wirkte es. Kein Wunder, daß die älteren Jungen im Heim ihn zur Zielscheibe machten, so ein Aussehen mußte sie geradezu reizen. Hinzu kam Davids Geigenspiel; kein Zweifel, er unterschied sich in allem von den übrigen Heiminsassen.

Trotzdem bedauerte der Heimleiter, sich nicht eingemischt zu haben, wenn David Opfer des Trupps geworden war. Jetzt war es zu spät, jetzt hatte er die Bescherung. Weiß der Himmel, was da abgelaufen war. Eine Schlägerei? Prügel? Carlo und seinem Trupp war so etwas zuzutrauen. Ohne weiteres. Der Heimleiter wandte sich ab, er fühlte sich höchst unwohl in seiner Haut; am Ende machte man ihn für das Ganze verantwortlich. Aber wie? Wer wußte denn wirklich, was sich hinter den Mauern des Heimes an manchen Tagen abspielte?

Daß Heimleben kein Zuckerschlecken war, wußte jeder, der sich einmal damit befaßt hatte. Aber das war auch alles.

Und schließlich – einen Sündenbock gab es immer und überall. Daran konnte auch er, Steiner, nichts ändern. Daß es in diesem Fall gerade David treffen mußte; dafür konnte er nichts. Der Heimleiter seufzte, wieder einmal sehnte er seine Pensionszeit herbei; noch sieben Jahre, dann war es geschafft. Steiner wandte sich zur Tür. Dann aber zögerte er. Sollte er nicht besser bei dem Jungen bleiben? Wäre es nicht klüger, auf dessen Erwachen zu warten? Was, wenn er Wichtiges auszusagen hatte?

Dann wäre er wenigstens im Bilde, würde als erster davon erfahren. Er blickte zur Uhr, wenige Minuten nach fünf. Nein, lieber wollte er ins Heim, er mußte in dieser unerfreulichen Angelegenheit vorankommen, wenn es ihm auch nicht behagte. Mit einem letzten Blick auf den Bewußtlosen verließ Steiner das Zimmer. Sichtlich erleichtert, mit so etwas konnte er nichts anfangen, die Atmosphäre in Krankenhäusern machte ihn beklommen. Eilig verließ er das Gebäude.

Die Kinder saßen bereits beim Abendessen, als Steiner das Heim erreichte. Er hängte Mantel und Hut ins Büro, wusch sich die Hände, dann begab er sich in den Speisesaal, steuerte mit langen Schritten auf den Erziehertisch zu. Die Kinder waren verstummt, ihre Augen hingen an Steiner, sie spürten, daß etwas nicht stimmte. Der Heimleiter kam sogleich zur Sache. »Ich habe euch etwas mitzuteilen«, begann er und heftete seine Augen auf Carlo, einen schlaksigen Typ mit schwarzem Haar und flinken Augen. »David Asmus ist aufgefunden worden.«

Er schwieg, ließ seine Augen von Carlo und streifte die anderen Jungen vom Trupp. Mit verschränkten Armen lehnten sie auf ihren Stühlen, taten gleichgültig und abweisend.

»David«, fuhr Steiner bedeutsam fort, »ist gestern bewußtlos aufgefunden worden, ein Kanalschiffer fand ihn auf seinem Deck; hat jemand etwas dazu zu sagen?«

Gemurmel entstand, niemand der vierzig Kinder jedoch wollte sich zu Steiners Frage äußern.

Der Heimleiter spürte Unmut in sich aufsteigen. »Ihr wollt mir doch nicht vormachen, daß keiner von euch etwas weiß?« Wieder entstand eine Pause. Kein Laut, kein Atemzug war zu hören. »David war betrunken, sagt euch das vielleicht was?« Wieder wanderte Steiners Blick zu den Jungen vom Trupp. Sie wurden unruhig, wie alle im Saal unruhig wurden. Die Jungen und Mädchen steckten die Köpfe zusammen, tuschelten. Der Heimleiter überlegte, dann wandte er sich an Carlo.

»Du und deine Jungens, ihr kommt nach dem Essen zu mir, verstanden!«

Carlo verdrehte die Augen. »O. K.«, meinte er gedehnt, verzog das Gesicht und schmiß den Rest seines Brotes auf den Tisch. »So 'n Quatsch«, murmelte er, »als wenn wir was wüßten.«

Mit schrägem Blick sah er zu, wie der Heimleiter sich zu den Erziehern setzte, sich Tee eingoß und leise zu ihnen sprach.

»Blöder Typ«, grinste Carlo, dann wartete er, bis das Abendbrot vorüber war. Zusammen mit Nelke, Bubi, Hajo und Pit trabte er zu Steiners Büro. »Der Alte hat wirklich 'ne Meise«, sagte er, dann klopfte er an die Tür.

Steiner stand am Fenster, mißmutig sah er dem Trupp entgegen.

»Wann habt ihr David zum letzten Mal gesehen?« fragte er und begann auf und ab zu gehen. Die fünf Jungen grinsten, Antwort gab keiner. Nelke biß an seiner Hasenscharte, wie immer, wenn er unsicher war.

»Am Freitag haben wir ihm noch eins verpaßt«, meinte er schließlich, »aus Spaß natürlich«, fügte er hastig hinzu.

Carlo nickte gelassen. »Genau«, seufzte er lässig, »jedenfalls war der Kleine da noch hier, Boß.«

»Das möchte ich nicht gehört haben«, zischte Steiner und blieb vor Carlo stehen, »sag mir, wann genau das war.«

Als Carlo achselzuckend zu Boden sah, trat der Heimleiter zu Bubi, einem gelackten, eitlen Typ.

»Also?«

Bubi strich sich über sein pomadiges Haar. »Nachmittags«,

meinte er gelangweilt, »im Waschraum, der Kleine war dabei, seine Geige zu fiedeln.«

Steiner wußte Bescheid. Die Jungen haßten Davids Geige, sie hatten ihm eins verpaßt.

»Ihr könnt gehen«, meinte er und spürte, daß von den Jungen nichts zu erfahren war. Als sie die Tür hinter sich geschlossen hatten, öffnete Steiner seinen Büroschrank, griff sich eine Schnapsflasche heraus und kippte sich einen Klaren ein.

»Verfluchte Bande«, murmelte er, dann trank er das Glas in einem Zug leer.

Kaum hatte er die Flasche wieder an seinen Platz gestellt, klopfte es. Herein trat ein schlankes Mädchen mit blassem Gesicht und strähnigem roten Haar, das ihr lang über die Schulter fiel.

»Ilona?« Überrascht blickte der Heimleiter das Mädchen an, »was gibt's?«

Das Mädchen vergrub die Hände in den Taschen ihrer schwarzen Jeans, verlegen sah es zu Boden. »Was ist mit David?«

»Wieso interessiert dich das?« Steiner zog die Brauen zusammen, die Frage des Mädchens machte ihn stutzig.

»Ich muß es wissen« erwiderte Ilona. »Es interessiert mich eben«, fügte sie schnippisch hinzu, als sie Steiners mißtrauischen Blick bemerkte. Über seine Brille hinweg sah er sie skeptisch an.

»Ich denke, du gehst mit Carlo, was kümmert dich da der Kleine? So nennt ihr ihn doch, oder irre ich?«

Das Mädchen tat einen Schritt auf Steiner zu. »Wenn Sie es mir sagen, verrate ich Ihnen was.«

»Tauschgeschäft?« Steiners Augen glitten über das noch kindlich wirkende Gesicht Ilonas, das ängstlich und herausfordernd zugleich schien. Er beschloß, dem Mädchen Auskunft zu geben.

»David ist ohne Bewußtsein«, erklärte er, »außerdem ist er verletzt.«

»Verletzt?« Ilona fuhr sich erregt durch die Haare, »ist es

schlimm?« Ihre hellen, fast wimpernlosen Augen hingen an Steiner.

Der zuckte die Achseln. »Gehirnerschütterung, Rippenbrüche, na ja.« Das Mädchen schien sichtlich betroffen, schweigend nagte sie an ihrer Lippe, offensichtlich dachte es über etwas Wichtiges nach.

»Was ist?« Steiner trat dicht an Ilona heran, »was wolltest du mir verraten?«

»Am Freitag ist David abgehaun, abends, er ist zum Bahnhof«, meinte Ilona leise, »mit Rucksack, er hatte irgendwas vor.«

»Woher weißt du das?« Für Steiner gab es keine Zweifel, das Mädchen wußte mehr, als es zugab.

»Ich habe es beobachtet, war draußen, als David verschwand.«

»Kennst du den Grund?« Der Heimleiter sah das Mädchen durchdringend an.

»Ich denk mir, der wollte türmen, fühlte sich beschissen hier.«

»Woher weißt du, daß David sich nicht wohl fühlte hier?« Steiners Blick verdüsterte sich. Ilona zeigte ein spöttisches Grinsen.

»Wer ist schon gern hier?« murmelte sie, »ist doch total mies, so ein Heim.« Sie schwieg, dann fügte sie schroff hinzu: »Hat er mir gesagt, neulich, das mit dem Beschissen-fühlen.«

»Aha«, Steiner nickte, »hat er dir sonst noch was gesagt?«

»Nein«, das Mädchen blockte kühl ab. »Kann ich jetzt gehen?«

Steiner wies zur Tür. »Bitte, ich halte dich nicht.« Er blickte Ilona nach, die lautlos davonhuschte. Wie eine Katze, dachte Steiner, wieder griff er zu seiner Schnapsflasche. Schenkte sich das Glas voll und kippte den Klaren hastig runter. Dann verschloß er den Büroschrank, den Schnaps, den durfte keiner entdecken.

Alles, bloß das nicht.

Montag, 24. April

Es war noch früh, als Ilona sich heimlich aus dem Haus stahl. Prüfend sah sie sich um, dann rannte sie zur nächsten Telefonzelle und wählte das Krankenhaus in L. an. Hoffentlich wußte der Pförtner Bescheid, hoffentlich gab man ihr Auskunft.

»Städtisches Krankenhaus«, meldete sich eine Frauenstimme.

»Auf welcher Station liegt David Asmus bitte, könnten Sie mich verbinden?«

Ilona versuchte ihrer Stimme einen gelassenen, gleichgültigen Ton zu verleihen, obwohl ihr Herz bis zum Hals schlug.

»Moment«, erwiderte die Frau. »Station II«, sagte sie dann, »ich stelle durch. Einen Augenblick.«

Ilona atmete auf. Die erste Hürde war geschafft. Jetzt mußte sie nur noch Auskunft bekommen, mußte rauskriegen, wie es um David stand. Steiner, dem konnte man nicht glauben. Nicht in solchen Sachen, das hatte sie längst gelernt.

»Hier Schwester Hilde, Station II«, meldete sich eine energische Stimme. Ilona schluckte. »Guten Tag«, brachte sie mühsam hervor, »ich hätte gerne gewußt, wie es meinem Bruder geht.«

»Wie heißt denn Ihr Bruder?« fragte die Schwester arglos.

»David Asmus«, sagte Ilona schnell, »ich habe gestern erst von seinem Unfall erfahren«, fügte sie mit übertriebener Freundlichkeit hinzu. Besser so als umgekehrt. Es wirkte, für Freundlichkeit war die Schwester empfänglich.

»Ach, wissen Sie, nicht besonders, erst einmal ist er zu sich gekommen.«

»Kann ich ihn besuchen? Oder hat er starke Schmerzen?« Ilona biß sich auf die Lippe. Lügen, das tat sie nicht gern.

»Na ja«, die Schwester seufzte, »die Prellungen werden ihm Schmerzen bereiten, aber kommen Sie nur, vielleicht ist Ihr Bruder wach und freut sich.«

»Danke«, das Mädchen hängte den Hörer ein, es hatte genug erfahren.

»Diesmal hatte Steiner nicht geschockt«, dachte es.

Ilona trat aus der Telephonzelle, dachte einen Augenblick

nach. Dann rannte sie zur Busstation. Ihr Entschluß stand fest, sie mußte nach L. – mußte dort zur Polizei. Carola Mohn, die würde ihr helfen, auf diese Frau war Verlaß.

Eine Stunde später klopfte das Mädchen an die Tür des ersten Kommissariats. Oberinspektor Leinert fuhr zusammen. »Herein!« rief er. Verwundert blickte er auf die schwarze Mädchengestalt. Sie kam ihm bekannt vor, nicht jede hatte so rotes Haar.

»Kennen wir uns nicht?« fragte er stirnrunzelnd.

»Möglich, oder nicht möglich«, das Mädchen zuckte die Schultern.

»Sagen Sie, die Frau Mohn, ist die da?«

Leinert wurde neugierig. »Was willst du denn von ihr? Anzeige oder was ausgefressen?« grinste er freundlich.

»Das werde ich *Ihnen* gerade sagen«, entgegnete das Mädchen abweisend, »mit Bullen habe ich nichts im Sinn. Im übrigen«, fügte es schnippisch hinzu, »kenne ich die Mohn.«

»Aha, du kennst sie?« Leinerts Grinsen wurde noch breiter, »hast schon mit ihr zu tun gehabt?«

»Total daneben.« Das Mädchen wurde rot. »Kann ich jetzt zu ihr?«

Der Oberinspektor nahm den Telephonhörer zur Hand.

»Wen darf ich denn melden?« fragte er mit gespielter Höflichkeit.

»Ilona Becker«, das Mädchen lehnte sich gegen die Wand und beobachtete den Inspektor, wie er ins Telephon lauschte. Plötzlich hellte sich sein Gesicht auf. »Guten Morgen, Carola, hier Leinert, bei mir ist Besuch für dich.«

Pause.

»Wer? Ein junges Mädchen, rotes Haar, Ilona Becker heißt es.«

Schweigen. Wieder hörte Leinert auf das, was seine Kollegin von sich gab. Schließlich nickte er, legte den Telephonhörer auf und sah das Mädchen freundlich an. »Frau Mohn erwartet dich«, meinte er, »Zimmer 236, da findest du sie.«

»Vielen Dank auch«, murmelte Ilona, drehte sich um und schlüpfte aus dem Zimmer des Inspektors, ohne die Tür hinter sich zu schließen. Leinert schüttelte den Kopf. »Diese Youngsters«, dachte er. Mißmutig stand er auf und stieß die Klinke ins Schloß. Dann wandte er sich wieder seiner Arbeit zu.

Währenddessen betrat Ilona Becker das Zimmer von Carola Mohn.

»Ilona«, die Beamtin ging auf das Mädchen zu, »was treibt dich zu mir – nach so langer Zeit?«

»Zwei Jahre ist doch nichts.« Das Mädchen setzte sich auf den Stuhl, den Carola Mohn ihr wortlos zuwies.

»Hast du dich im Heim gut eingelebt?« Die Beamtin blickte das Mädchen prüfend an. Ilona zuckte die Achseln. »Wer sich da einlebt, der hat doch nicht alle.«

Die Beamtin nickte. »Ich weiß, aber was sollte ich machen?« Sie entzündete sich eine Zigarette, dann blickte sie das Mädchen forschend an. »Also raus mit der Sprache, weswegen bist du hier?«

Ilona nagte an ihrer Lippe, dann sagte sie leise: »Sie haben doch von dem Jungen gehört? Ich meine, den man am Sonnabend bewußtlos gefunden hat, auf irgend so 'nem Kahn?«

»Habe ich, was ist denn mit ihm?«

»Na ja…, die Polizei tappt noch im dunkeln, oder?«

Carola Mohn lächelte. »Woher weißt du denn das?«

»Von Steiner.« Ilona fischte sich einen Drops aus dem Bonbonglas, das neben ihr auf einem Tisch stand. Sie hatte Hunger.

»So, hat er?« Die Beamtin zog die Brauen zusammen.

Ilona nickte. »Hat uns gestern ausgequetscht, vor allem Carlo und seinen Trupp.«

»Und, weshalb bist du nun zu mir gekommen? Du hast mir noch nichts gesagt. Im übrigen ist die Geschichte Sache des 1. K. oder der Kripo, meine jedenfalls nicht.«

Ilona zerbiß ihr Bonbon. »Vielleicht doch«, meinte sie herausfordernd. »Ich weiß etwas«, fuhr sie leise fort, »an der Sache ist irgendwas faul. Nie im Leben ist David verunglückt!«

Carola drückte den Rest ihrer Zigarette aus. »Wie kommst du denn darauf?« fragte sie mit ernstem Blick.

»David hatte Probleme«, erwiderte das Mädchen leise.

»Probleme, was für Probleme?« Die Beamtin beugte sich vor.

»Mit seinem Alten, seinem Stiefvater…, der hat David auch zu uns gebracht.« Für einen Moment schwieg Ilona, dann fuhr sie hastig fort: »David haßte seinen Stiefvater.«

Schweigen. Carola Mohn sagte nichts, sie wartete, Ilona würde schon weitersprechen. Sie musterte das Mädchen, das von ungesunder Blässe gezeichnet war, wie die meisten Heimkinder.

»David hat eine Schwester«, sagte Ilona plötzlich, »erst zehn ist die, heißt Rosalie.« Ihre Augen begegneten denen der Beamtin.

»Der Kerl mißbraucht sie.« Ilona atmete auf, jetzt war es raus.

»Bist du sicher?« Carola Mohn machte schmale Augen.

»Total«, das Mädchen nickte heftig.

»Woher weißt du das?«

»Von David, von wem sonst!«

»Und – warum meinst du, war Davids Unfall etwas anderes?« Ilona stand auf. »Mehr sage ich nicht«, erklärte sie kühl, »mehr weiß ich auch nicht.«

Auch Carola Mohn erhob sich, sie trat auf das Mädchen zu, legte ihm die Hand auf die Schulter. »Du weißt mehr«, sagte sie leise, »da bin ich mir völlig sicher.«

Ilona schüttelte den Kopf. »Wenn David wüßte, daß ich bei Ihnen bin…, ich habe ihm die Hand drauf geben müssen, niemandem etwas zu sagen davon.«

»Verstehe.« Nachdenklich blickte die Beamtin das Mädchen an. »Vermutlich hat er Angst. Aber wenn du mir wichtige Dinge verschweigst, komme ich keinen Schritt weiter…«

»Ich verschweige Ihnen nichts«, wehrte Ilona ab, »bestimmt nicht.«

»O. K.«, die Beamtin begleitete das Mädchen zur Tür, »dann werde ich die Sache in die Hand nehmen; vorausgesetzt, die Geschichte mit Rosalie entspricht der Wahrheit.«

Das Mädchen verzog das Gesicht zu bitterem Grinsen. »Darauf können Sie Gift nehmen.«

»Also gut«, Carola Mohn lächelte, »wir hören von einander, bis dann.«

»O. K.«, lächelte Ilona, »bis dann.«

Kurz darauf läutete im 1. Kommissariat das Telephon. Oberkommissar Leinert hob den Hörer ab. »Ja, bitte?«

»Hier Carola«, vernahm er am anderen Ende der Leitung, »hör mal, Klaus, das Mädchen eben, diese Ilona Becker, sie machte Angaben zur Sache David Asmus. Da ist Mißbrauch im Spiel, Klaus, der Junge hat eine Schwester, der Stiefvater, du verstehst?«

Pause.

»Ilona weiß davon«, fuhr die Beamtin fort, »David erzählte es ihr; unter dem Siegel der Verschwiegenheit natürlich.«

»Und du glaubst dem Mädchen?« Leinert drehte seine Pfeife zwischen den Fingern.

»Ich gehe davon aus, daß sie die Wahrheit sagt…, ich kenne Ilona, sie war selbst in eine solche Sache verwickelt, ihr Vater… na ja.«

Leinert nickte. »Ich entsinne mich, sie kam mir gleich irgendwie bekannt vor.«

Einen Augenblick schwieg der Oberkommissar, dann meinte er: »Ich werde den Fall vorerst dir überlassen, Carola, wir sind für Mißbrauch nicht zuständig. Sollte es sich als Fehlmeldung erweisen, laß es mich bitte gleich wissen.«

»Gut, Klaus.«

»Und bitte, schließ dich mit der Kripo kurz, die müssen wissen, daß du den Fall weiter bearbeitest.«

»Mach ich, und nochmals danke.«

Carola Mohn legte den Hörer zurück in die Gabel. Nachdenklich blickte sie vor sich hin. Wenn Davids Stiefvater wirklich die Schwester mißbrauchte, und davon ging sie aus; dann war es möglich, daß der Mann mit dem Unfall zu tun hatte.

»Aggressionshaltung seitens des Vaters gegenüber dem Jungen«, murmelte die Beamtin. »Gleichzeitig signalisiert er Rosalie damit zu schweigen.«

Plötzlich hatte Carola es eilig. Sie erhob sich und nahm ihren Mantel vom Haken. Zunächst einmal standen Rundumermittlungen an, sie mußte ein genaues Bild von David bekommen. Bevor sie sich auf den Weg zu Steiner machte, schaute Carola Mohn bei der Kripo vorbei, unterrichtete Kommissar Lösener davon, daß sie den Fall übernommen hatte. Dann eilte sie zu ihrem Wagen und verließ das Dienstgelände.

Wenige Minuten vor 12 Uhr klopfte es an der Bürotür des Heimleiters. Auf ein barsches »Herein!« betrat Carola Mohn den karg möblierten Raum. Außer einem Schreibtisch, drei Stühlen sowie zwei Aktenschränken bot sich ihrem Auge nichts Freundliches, was als Blickfang hätte dienen können. Instinktiv übertrug sie die spartanische Einrichtung auf Steiners Wesen.

»Sie wünschen bitte?« fragte der, sich von seinem Stuhl erhebend.

»Mein Name ist Mohn, ich bin vom zweiten Kommissariat, bearbeite den Fall David Asmus.«

»Eine schreckliche Geschichte.« Der Heimleiter reichte der Beamtin die Hand, »bitte nehmen Sie Platz. Haben Sie irgend etwas herausfinden können?« Er ließ sich wieder auf seinem Stuhl nieder und musterte die Beamtin abwartend. Carola Mohn erwiderte seinen Blick mit zurückhaltendem Lächeln; sie beschloß, den vermutlichen Mißbrauch vorerst nicht zu erwähnen.

»Nein«, meinte sie, »eine reine Routineuntersuchung. Wir müssen uns ein Bild von David machen, um in der Sache weiterzukommen.«

»Tja«, Steiner nahm seine dunkle Hornbrille ab und rieb sich müde die Augen, »was kann ich Ihnen über David sagen?« Einen Moment schwieg er, so daß Carola Mohn das Lärmen der Heimkinder vernahm; das Geklapper von Geschirr und

Töpfen. Sicher stürzten sich die Kids gerade auf das Mittagessen.

»Der Junge«, fuhr Steiner schließlich fort, »galt als äußerst zurückhaltend. Er war Einzelgänger, wenn Sie so wollen, las viel und spielte zudem Geige..., er war anders als die übrigen hier«, Steiner nickte zu seinen Worten. »Ja, das war er.«

»Hatte er Freunde? Ich meine, irgend jemanden, mit dem er häufiger zusammen war?«

»Nein, nicht daß ich wüßte. Im Gegenteil, der Junge ging seiner Wege.« Für Sekunden kam Steiner der Trupp vor Augen, Carlo, wie er David nachstellte, ihn verfolgte und verdrosch, wenn es ihm in den Sinn kam. Der Heimleiter hütete sich jedoch, der Beamtin davon zu berichten. Am Ende belangte man ihn dafür.

»Seit wann befand sich David bei Ihnen im Heim?« Carola Mohn zog ein Päckchen Zigaretten aus der Handtasche. Steiner schlug in seinem Kalender nach. »Seit Januar«, antwortete er, »seine Eltern brachten ihn seinerzeit auf Anweisung des Jugendamtes.«

»Des Jugendamtes?« Die Beamtin riß ein Zündholz an, mißtrauisch sah sie Steiner an, »mit welcher Begründung?«

Der Heimleiter ging zu einem der Aktenschränke. »Hier«, er legte einen roten Hefter vor Carola Mohn auf den Schreibtisch, »Davids Akte, Sie dürfen gern einsehen. Im übrigen«, meinte er, sich wieder setzend, »eine sehr merkwürdige Sache, die möchte ich Ihnen noch erzählen.« Eine Weile blickte er nachdenklich aus dem Fenster, dann fuhr er fort: »Als David zu uns gebracht wurde, hieß es, er hätte aufgrund eines Unfallschocks sein Sprachvermögen verloren.«

»Und?« Carola Mohn stieß eine Wolke blauen Zigarettenqualms in den Raum. Steiner sah sie vielsagend an. »Sie werden es nicht glauben«, meinte er, »kaum hatten die Eltern das Haus verlassen, da machte der Junge den Mund auf, redete mit mir, als wenn nie etwas gewesen sei. Kein Schock, nichts.« Steiner schüttelte den Kopf. »Weiß der Himmel, wieso David ein solches Verhalten seinen Eltern gegenüber an den Tag legte…, na ja, wahrscheinlich galt er nicht umsonst als ausgesprochen schwierig.« Der Heimleiter verstummte, dann fügte er seufzend hinzu. »Nach dieser Enttäuschung brachen die Eltern jeglichen Kontakt zu dem Jungen ab, besonders der Vater schien zutiefst getroffen.«

Carola Mohn nickte. Kein Wunder, sagte sie sich, dieser Mann suchte Gründe, um den Kontakt zu David abbrechen zu können. Ein Beweis für den stattgefundenen Mißbrauch, wenn auch nur ein kleiner.

»Eine Frage noch«, lächelte sie, »sagten Sie Vater, Herr Steiner?«

»Ganz recht, Vater, warum fragen Sie?«

»Bei David handelt es sich um seinen Stiefvater, wußten Sie das nicht?«

»Was Sie nicht sagen!« Steiner runzelte die Stirn, »davon höre ich zum ersten Mal.«

»Zum ersten Mal?« Die Beamtin sah ihr Gegenüber interessiert an.

»Bestimmt! Selbst in der Akte ist nichts Entsprechendes vermerkt, da ist stets von Davids Vater die Rede.«

»Nun, ich werde der Sache schon auf den Grund gehen«, die Beamtin drückte ihre Zigarette aus. »Überlassen Sie mir die Akte ein Weilchen?«

»Selbstverständlich«, Steiner nickte, »ich müßte sie nur irgendwann zurückbekommen.«

»Keine Frage.« Carola Mohn lächelte. »Schon morgen, spätestens übermorgen.«

»In Ordnung.« Steiner begleitete seine Besucherin zur Tür. Er fühlte sich erleichtert, war froh, daß dieses Gespräch glimpflich abgelaufen war. Nichts Unangenehmes – für ihn Unangenehmes – war zur Sprache gekommen. Nein wirklich, sehr erleichtert war er.

»Dann erst einmal auf Wiedersehen.« Die Beamtin öffnete die Tür, »und vielen Dank für die Unterredung.«

»Keine Ursache«, lächelte der Heimleiter.

»Denken Sie an meine Akte«, meinte er mit vertraulichem

Blick. Carola Mohn nickte. Mit schnellen Schritten eilte sie zu ihrem Wagen. Steiner sah ihr nach.

Jetzt einen Schnaps, dachte er und ging zurück in sein Büro.

Carola Mohn derweil hatte nichts Wichtigeres im Sinn, als ein Café aufzusuchen, um in irgendeiner stillen Ecke die ihr überlassene Akte zu studieren. Sie bestellte sich Kaffee, dazu ein Käsebrötchen, zündete sich die unvermeidliche Zigarette an und vertiefte sich in die Unterlagen. Schließlich schob sie die Akte kopfschüttelnd von sich. Nicht die Hälfte von dem, was sie gelesen hatte, glaubte sie.

Wie hatte der Heimleiter David geschildert?

Als einen äußerst zurückhaltenden Jungen. Einer, der seiner Wege ging, las, Geige spielte. Und dieser gleiche Junge sollte schwer erziehbar sein? Aufsässig – aggressiv – unerträglich? Laut Aussage des Stiefvaters war da von einem nicht mehr tragbaren Zustand die Rede.

Am meisten zu denken gab ihr jedoch die Behauptung des Mannes, David würde sich seiner Schwester zu gegebener Zeit unsittlich nähern, da er seiner Krankheit wegen keinen Zugang zum anderen Geschlecht finden würde.

Die Beamtin schob ihren Teller mit dem noch unberührten Käsebrötchen beiseite, der Appetit war ihr gründlich vergangen. Dieser Mann scheute sich tatsächlich nicht, sein eigenes Vergehen auf den Jungen zu übertragen. Und diese Frau Silkov vom Jugendamt schenkte dem auch noch Glauben! Ohne David ein einziges Mal selbst zu befragen! Carola Mohn war vom Jugendamt einiges gewohnt; aber das!

Sie erhob sich. »Zahlen!« rief sie der Bedienung zu, es wurde Zeit, sie mußte unbedingt ins Revier. Diese Frau Silkov, mit der wollte sie gleich sprechen, die mußte zur Sache befragt werden.

Wenige Minuten nach zwei Uhr klingelte beim Jugendamt, Zweigstelle Segebüll, das Telephon.

»Hier Silkov«, meldete sich eine strenge, ältliche Stimme.

»Hier Mohn, vom 2. Kommissariat, ich rufe an wegen David Asmus.«

»Was ist mit dem Jungen?« kam die spröde Frage.

»Sie haben David vor wenigen Monaten in ein Heim eingewiesen?«

»Das ist richtig, Moment bitte.«

Carola Mohn hörte, wie die Frau ihren Stuhl zurückschob und sich von ihrem Platz entfernte. Nach einer Weile kehrte sie zurück.

»Ich habe hier die Akte, worum geht es bitte?«

»Mir liegt die Akte gleichfalls vor, Frau Silkov, Sie geben Klagen des Vaters an, wonach eine Heimeinweisung notwendig wurde.«

»Das kann man wohl sagen«, meinte die Frau vom Jugendamt bestimmt.

»Den Jungen selbst haben Sie zu den schwerwiegenden Vorwürfen nicht gehört?«

»Nein, es bestand kein Anlaß.«

»Und – warum nicht?« Carola Mohn versuchte ruhig zu bleiben, sie spürte, diese Frau war ebenso engstirnig wie verbissen.

»Ich denke, Frau Mohn, das ist meine Angelegenheit, wie?«

»Das weiß ich nicht«, erwiderte die Beamtin. »David Asmus wurde vor wenigen Tagen bewußtlos aufgefunden, ich führe die Ermittlungen in seinem Fall durch.«

Schweigen.

»Warum haben Sie den Jungen nicht einmal persönlich gesprochen?« Der Vorwurf in Carola Mohns Stimme war nicht zu überhören. Die Frau vom Jugendamt räusperte sich. »Also, ehrlich gesagt, ich hielt das für überflüssig.«

»Aber wieso? Aus welchem Grund?«

»Wegen des Vaters«, erklärte Frau Silkov mit einem Anflug von Bedauern, »er ist Künstler, wissen Sie, war verzweifelt, am Ende mit seiner Kraft. Sein Sohn, meinte er, sei nicht in den Griff zu kriegen, der Zustand nicht mehr haltbar.«

»Wie hat sich denn die Mutter dazu geäußert?«

Es entstand eine kleine Pause.

»Na ja, die Mutter, also die habe ich nicht gesprochen. Die war ohnehin ständig unterwegs, auf Konzertreisen. Der Vater ist Alleinerzieher.«

»Alleinerzieher? Interessant. Frau Silkov, eine Frage noch. Hier ist von Krankheit die Rede, die der Junge haben soll. Worum handelt es sich dabei? In meinen Unterlagen konnte ich keine Angaben dazu finden.«

»Allergie und zeitweilige Atemnot«, erwiderte die Frau knapp. »In meiner Akte befindet sich eine Bescheinigung des behandelnden Arztes. Er befürwortete einen Ortswechsel, also eine vorübergehende Heimeinweisung.«

»Hielten Sie Rücksprache mit diesem Arzt?«

»Warum sollte ich?« gab Frau Silkov ärgerlich zurück, »ich wüßte nicht, was der Doktor mir hätte mitteilen können.«

»Sind Sie schon lange beim Jugendamt?« Carola Mohn konnte sich diese Frage nicht verkneifen.

»Lange genug, glaube ich. Weshalb fragen Sie?«

Ohne eine Antwort warf die Beamtin den Hörer in die Gabel. Mißmutig fischte sie in ihrem Bonbonglas nach einer Schokoladenkugel. Ich muß dringend ins Krankenhaus, sagte sie sich, muß unbedingt diesen Jungen kennenlernen. Sie rückte ihren Stuhl zurück, nahm Mantel und Schal vom Haken, dann verließ sie ihr Dienstzimmer.

»Bis später«, meinte sie zu ihrer Kollegin. »Ich fahre mal rasch ins Krankenhaus.«

Schon eilte die Beamtin den Gang entlang.

Genau um 15 Uhr 30 trat Carola Mohn durch die Schwingtür von Station II des Städtischen Krankenhauses. Unverzüglich steuerte sie auf die blonde, nicht mehr ganz junge Schwester Hilde zu.

»Guten Tag«, sagte sie lächelnd, »ich möchte bitte zu David Asmus.«

Die Schwester musterte Carola Mohn forschend. »Sind Sie vielleicht die, die heute früh angerufen hat?« fragte sie stirnrunzelnd.

Die Beamtin schüttelte den Kopf. »Ich bin vom zweiten Kommissariat«, meinte sie, ihre Dienstmarke hervorziehend, »ich möchte mir den Jungen einmal ansehen.«

Die Schwester begutachtete die Polizeimarke, so recht schien sie der Beamtin nicht zu glauben.

»Seltsam«, meinte sie nachdenklich, »heute früh rief jemand an. Ein Mädchen oder eine Frau, was weiß ich…, gab sich als Verwandte aus, wollte wissen, wie es dem Jungen geht.« Betreten sah Schwester Hilde zu Boden; telephonische Auskunft über Patienten zu geben war strengstens verboten.

»Machen Sie sich keine Gedanken«, beruhigte sie die Beamtin. »David hat eine Schwester, das war schon recht so.«

»Da bin ich aber froh«, Schwester Hilde schien erleichtert, »Sie wissen ja, wir dürfen keine Auskunft geben.«

»Ich weiß«, Carola Mohn nickte, »wie geht es dem Jungen inzwischen?«

Die Schwester zuckte mit den Schultern. »Nicht gut, und dann so lange bewußtlos, ich weiß nicht.«

»Wer ist der behandelnde Arzt?« fragte Carola, dem ernsten Blick der Schwester begegnend.

»Dr. Johann, er ist morgen wieder auf Station.«

»Nun gut. Dann will ich jetzt mal nach dem Jungen sehen.«

»Bitte«, nickte die Schwester und öffnete die Tür zu Zimmer sechs.

Der Junge lag am Tropf. Sein blasses Gesicht schien ebenso weiß wie die Kissen, in denen sein Kopf ruhte. Nichts an ihm rührte sich. Die Hände lagen schlaff auf der Bettdecke, schmal und klein waren sie, wie die eines Mädchens. Carola ließ sich auf dem Stuhl am Fußende des Bettes nieder. Lange betrachtete sie den Bewußtlosen. Schließlich erhob sich die Beamtin wieder. Länger brauchte sie nicht zu bleiben. Das mädchenhafte Gesicht Davids gab ihrem ersten Gefühl recht – nichts von dem, was sie in der Akte gelesen hatte, glaubte sie. Dieser Junge schien ihr weder aggressiv noch schwer erziehbar zu sein, dessen war sie sich sicher.

Was der Heimleiter sagte, das traf zu, seiner Beschreibung gab sie recht.

Carola Mohn warf einen letzten Blick auf den Bewußtlosen. Was nur hatte den Jungen in diese Lage gebracht? Was genau steckte dahinter? Vermutungen allein halfen ihr nicht.

Ich muß zu den Eltern, sagte sie sich, besser heute als morgen. Allerdings – Segebüll war weit entfernt. Sie schaute zur Uhr; fast 17 Uhr, fast also Abend. Für eine Strecke von zweihundert Kilometern war es zu spät. So sehr es sie auch drängte, der Tag hatte genug gebracht. In einer halben Stunde würde ihr Mann daheim sein; mit ihm konnte sie erst einmal alles durchsprechen. Zu den Asmus', da würde sie morgen fahren, und zwar in aller Frühe.

Es war 10 Uhr 15, als Carola Mohn ihren Wagen vor dem Haus der Familie Asmus zum Stehen brachte. Weit außerhalb von Segebüll lag es, einsam hinter dem Deich, umgeben von windschiefen Bäumen. Die Beamtin stieg aus, knöpfte ihren Mantel zu und schlug den Kragen hoch. Sie fror. Grau und stürmisch war es hier oben, hinter dem Deich schäumte das Meer, und unter dem Dunkel des Himmels stiegen kreischend Möwen auf.

Carola Mohn verschloß ihren Wagen, begab sich zum Haus und klingelte. Nur wenige Sekunden, dann wurde ihr geöffnet. Eine junge, schöngewachsene Frau blickte ihr entgegen, ihre stahlblauen Augen verrieten Stolz.

»Sie wünschen bitte?« fragte sie und strich sich ihren schwarzen Kimono zurecht. Die Beamtin zog ihre Dienstmarke hervor. »Sie sind Frau Asmus?« fragte sie dabei. Die Frau warf den Kopf zurück, so daß ihr langes, dunkles Haar über die Schultern in den Rücken fiel.

»Was gibt es?« fragte sie ungeduldig.

»Es geht um Ihren Sohn, um David«, erwiderte die Beamtin, »ich hätte da ein paar Fragen an Sie.«

»Bitte«, Frau Asmus trat beiseite, schloß die Haustür hinter ihrer Besucherin und führte sie in ihr Arbeitszimmer. Carola

Mohn blickte sich um. Ein Flügel, ein Tisch unter dem Fenster, leere Weinflaschen standen darauf, zwei Sessel aus Korbgeflecht, Notenregale.

»Nehmen Sie Platz.« Die junge Frau wies Carola Mohn einen der beiden Sessel zu, sie selbst setzte sich auf den Klavierhokker vor dem Flügel. »Um es gleich zu sagen«, meinte sie abweisend, »David ist nicht hier.«

Die Beamtin nickte. »Ich weiß«, sagte sie, »er wurde gefunden, vor einigen Tagen, bewußtlos auf dem Deck eines Binnenschiffes, bei uns auf dem Kanal…«

Die Nachricht schien Frau Asmus nicht zu berühren, im Gegenteil, ihr schönes Gesicht zeigte Ablehnung. »Und?« fragte sie und zündete sich dabei eine Zigarette an, etwas zu hastig, wie Carola Mohn fand. »Sie müssen wissen«, fuhr sie fort, »Kontakt zu David besteht nicht mehr, aus bestimmten Gründen, über die ich jedoch nicht reden will.«

Die Beamtin senkte den Blick. Die Kälte dieser jungen, auffallend hübschen Frau stieß sie ab. Wie konnte eine Mutter ihrem Sohn gegenüber so gefühllos sein.

»Ihr Sohn«, meinte Carola Mohn langsam, »ist verletzt, wir vermuten Fremdverschulden.«

Frau Asmus erhob sich. »Schon möglich«, sie begann auf und ab zu gehen, »Sie werden es nicht glauben, es interessiert mich nicht, mich nicht und meinen Mann sicher erst recht nicht.«

Schweigen.

»Wo Sie gerade von Ihrem Mann sprechen«, meinte die Beamtin schließlich, »wie kommt es, daß er und David den gleichen Zunamen tragen, ich denke, es ist nicht sein leiblicher Vater?«

»Asmus ist mein Mädchenname«, erwiderte die junge Frau kühl, »Tano hat ihn bei unserer Hochzeit angenommen. Ich bin Künstlerin«, setzte sie stolz hinzu, »auf meinen Namen verzichte ich nicht. Nie und nimmer.«

»Verstehe«, Carola Mohn nickte; wenigstens diese Frage war geklärt. »Sie haben eine Tochter?« fuhr sie fort.

»Stimmt.« Davids Mutter stieß hörbar den Rauch ihrer Zigarette aus. »Warum fragen Sie?«

Wieder der abweisende Ton, Carola Mohn sah auf.

»Ich hätte Ihrer Tochter gern ein paar Fragen gestellt.«

Frau Asmus blieb am Fenster stehen, drückte ihre Zigarette in einer Muschel aus, dann wandte sie sich der Beamtin zu.

»Hören Sie«, sagte sie leise, »was wollen Sie? Ich bin Pianistin, um das Mädchen kümmert sich mein Mann...«

»Das mag wohl sein«, erwiderte die Beamtin, »ich hätte trotzdem einige Fragen an sie.«

»Bedaure«, Frau Asmus schüttelte den Kopf, »Rosalie ist nicht da, sie ist seit Sonnabend bei ihren Großeltern.«

»Hat das einen besonderen Grund?«

»Meinem Mann geht es nicht gut«, Davids Mutter warf einen mißmutigen Blick aus dem Fenster, »er ist krank, liegt zu Bett.«

Carola Mohn sah Frau Asmus fragend an. »Deshalb ist Rosalie bei ihren Großeltern?«

»Wer soll sich um das Kind kümmern, ich muß morgen auf Konzertreise.« Davids Mutter zündete sich eine neue Zigarette an, sie schien nervös, voller Ungeduld, die Fragerei ging ihr auf die Nerven.

»Verstehe«, meinte Carola Mohn noch einmal, »es ist hoffentlich nichts Ernstes mit Ihrem Mann?« lenkte sie freundlich ein.

Wieder begann Frau Asmus auf und ab zu gehen. »Er ist gestürzt«, meinte sie knapp, »im Dunkeln.«

»So werde ich Ihren Mann nicht sprechen können?« fragte die Beamtin mit leichtem Bedauern.

»Warum? Was wollen Sie denn von ihm?«

»Nun, Frau Asmus, immerhin ermittle ich im Fall Ihres Sohnes. Daß ich da ein paar Fragen habe, dürfte Sie nicht wundern. Wie sonst sollen wir weiterkommen?«

»Dann fragen Sie mich.« Widerstrebend ließ sich Davids Mutter in dem zweiten Sessel gegenüber der Beamtin nieder.

»Erzählen Sie mir etwas über Ihren Sohn.«

»Über David?« Die junge Frau sah aus dem Fenster, »was soll ich Ihnen über den erzählen?« Einen Moment schwieg sie, dann fuhr sie unwillig fort, »nichts als Schwierigkeiten hat er meinem Mann bereitet, vor allem, wenn ich auf Reisen war.«

»Warum gerade dann, wenn Sie nicht da waren?«

Frau Asmus verzog das Gesicht zu einem bitteren Lächeln, ihre schönen Züge wirkten sonderbar kalt und unnahbar. »Eifersüchtig war der Junge, nichts als eifersüchtig.«

»Worauf, Frau Asmus, war Ihr Sohn eifersüchtig?« Carola Mohn blickte ihr Gegenüber aufmerksam an.

»Auf alles«, erwiderte die Frau, »auf mein Klavierspiel, auf die Konzertreisen, das Üben, wenn Sie so wollen. Schon immer hat den Jungen das gestört, schon damals, als er noch klein war.«

»Und sonst? Gibt es sonst etwas, was Ihr Sohn nicht ertragen kann?«

»Meinen Mann, keine Frage.« Frau Asmus besah sich ihre langen, kräftigen Hände, »auch das war schon früher so; immer hat sich David dazwischengedrängt, irgendwann habe ich ihn weggeben müssen, deswegen, natürlich nur vorübergehend«, fügte sie mit schwachem Lächeln hinzu.

»Vorübergehend?« Carola Mohn blickte die junge Frau überrascht an, »was heißt das, wie lange?«

»Das tut hier nichts zur Sache«, meinte Frau Asmus abwehrend, »im übrigen hat man schließlich auch ein Privatleben, nicht nur als Mutter, auch als Frau, oder glauben Sie nicht?«

Die Beamtin schwieg, auf diese Frage wollte sie nicht antworten.

»Frau Asmus«, setzte sie das Gespräch fort, »Ihr Sohn spielte Geige?«

»Ja«, erwiderte sie seufzend, »eine Weile jedenfalls, der Pfarrer von Segebüll erteilte ihm Unterricht.«

»Also auch nur vorübergehend?«

»Ich weiß nicht«, Frau Asmus schüttelte den Kopf, »irgendwann ging er einfach nicht mehr zur Stunde. Mein Mann erzählte mir jedenfalls davon; ich habe mich allerdings nicht eingemischt, die Erziehung der beiden Kinder oblag ihm, Sie verstehen?«

Der Beamtin lag ein »Nein« auf der Zunge, sie verkniff es sich, statt dessen fragte sie:»Ihr Sohn, hatte er Freunde?«

Frau Asmus zog die Brauen zusammen. »Sie stellen Fragen«, meinte sie, »nein, hatte er nicht, David war eigenartig, für ihn gab es nur Lesen und die Geige.« Carola Mohn horchte auf. Lesen? Nur die Geige? Wieso hatte der Junge dann den Unterricht aufgegeben? Carola Mohn erhob sich. »Könnte ich Ihrem Mann in den nächsten Tagen telefonisch ein paar Fragen stellen?«

»Nein«, erwiderte Davids Mutter abweisend, »mein Mann will mich begleiten; sobald er wieder auf den Beinen ist, kommt er nach.«

»Dann müßte ich Rosalie einige wichtige Fragen stellen.«

Frau Asmus unterbrach die Beamtin. »Frau Mohn, ich sagte Ihnen doch, mit David haben wir nichts mehr im Sinn. Ich werde Ihnen daher nicht gestatten, mit meiner Tochter zu sprechen. Wir wollen unsere Ruhe. Und jetzt«, fügte sie lächelnd hinzu, »möchte ich dieses Gespräch beenden, ich habe dringend zu arbeiten.«

»Verstehe«, nickte die Beamtin. Die beiden Frauen traten in den Flur. »Und denken Sie daran«, meinte Davids Mutter, die Haustür öffnend, »der Junge gehört nicht mehr in unsere Familie. Wer gegen meinen Mann ist, der ist auch gegen mich. Das ist mein letztes Wort.« Carola Mohn nickte ein weiteres Mal. Ohne Frau Asmus die Hand zu reichen, trat sie vor das Haus.

»Sagen Sie, diesen Pfarrer, wo finde ich den wohl?«

Frau Asmus strich ihr schwarzes Haar zurück. »Sie glauben doch nicht, daß der Ihnen mehr erzählen kann als ich?«

Carola Mohn lächelte. »Nun, ich werde ihn schon finden.«

Gruß los eilte sie zu ihrem Auto, stieg ein und zog die Wagentür krachend ins Schloß. Sie war verärgert; jetzt steckte sie fest! Total! Kein bißchen weiter war sie in Sachen Mißbrauch gekommen. Kein bißchen weiter, was David anlangte.

Eine halbe Stunde später stand Carola Mohn vor dem Pfarrhaus in Segebüll. Sie klingelte. Abwartend schaute sie einem Schwarm Krähen nach, der krächzend vom Dach aufstob und davonflog. Da wurde ihr geöffnet. Eine blonde, jungenhaft wirkende Frau stand in der Tür.

»Guten Tag, Sie wünschen?« Ihre hellen Augen musterten Carola Mohn freundlich.

»Ich hätte gern Pfarrer Simon gesprochen.« Die Beamtin zeigte ihre Dienstmarke vor.

»Tut mir leid, mein Mann ist nicht da«, erwiderte die Pfarrersfrau mit bedauerndem Blick, »aber bitte, kommen Sie doch herein, vielleicht kann ich Ihnen helfen?«

Die Frauen betraten das Arbeitszimmer des Pastors. »Setzen wir uns doch«, Frau Simon wies auf eine alte Holzbank unter dem Fenster, »Sie sind von der Polizei, worum geht es denn?« fragte sie mit leichtem Mißtrauen in der Stimme.

»Um einen Jungen namens David Asmus«, erwiderte die Beamtin.

»Um David Asmus?« Die Pfarrersfrau schien verwundert, »ich erinnere mich an ihn, ein auffallend hübscher Junge, sehr still allerdings.«

»Er hatte bei Ihrem Mann Geigenstunde?«

Die Pfarrersfrau lächelte. »Ja, aber viel weiß ich nicht darüber. Eigentlich«, fügte sie ernst hinzu, »ist mir David nur so bekannt, weil er durch einen Unfall sein Sprachvermögen verloren hatte, Sie verstehen?«

Carola Mohn nickte. »Ich weiß, Frau Simon.«

»Statt mit ihm Geige zu üben, machte mein Mann mit David Sprachübungen; eine mühsame Arbeit, wirklich... Das Merkwürdige allerdings war, daß der Junge ganz plötzlich wieder sprechen konnte, von einem Tag auf den anderen.«

»Das ist allerdings merkwürdig«, meinte Carola Mohn nachdenklich.

»Glauben Sie nicht, daß mein Mann je erfahren hat, wie und wann dieses Wunder geschehen ist. David sagte nichts darüber, kein Wort, er war ungeheuer zurückhaltend.« Die Pfarrersfrau schwieg für eine Weile, dann fügte sie leise hinzu: »Er kam dann auch bald nicht mehr, so brach die Verbindung ab.«

»Wissen Sie, warum David nicht mehr zum Unterricht kam?«
»Er hatte Schwierigkeiten, glaube ich, wegen des Übens daheim, die Eltern störte es.«

Carola Mohn sog hörbar den Atem ein; die Frauen sahen sich an, beide sagten nichts, lauschten dem unaufhörlichen Prasseln des Regens, dem zeitweiligen Fauchen des Sturmes.

»Weswegen fragen Sie eigentlich nach David?« meinte die Pfarrersfrau unvermutet.

»Er wurde vor einigen Tagen bewußtlos aufgefunden, auf dem Deck eines Binnenschiffes, bei uns auf dem Kanal.«

»Aber das ist ja schrecklich«, Frau Simon schüttelte den Kopf, »bei Ihnen auf dem Kanal? Wieso das?«

»Der Junge war dort in einem Heim untergebracht, gute zweihundert Kilometer von hier entfernt.«

»Das ist doch nicht möglich.« Wieder entstand eine Pause. Plötzlich erhob sich Frau Simon, trat hastig an den Schreibtisch ihres Mannes und zog ein zusammengefaltetes Blatt unter dem Briefbeschwerer hervor.

»Hier«, meinte sie und reichte Carola Mohn das weiße Papier, »mein Mann wird sicher nichts dagegen haben, wenn ich Ihnen das hier zeige. Der Brief kam gestern mit der Post«, fuhr sie nachdenklich fort, »bisher konnten wir uns keinen Reim darauf machen, wir kennen die Familie kaum, wußten nicht einmal, daß David eine Schwester hat.«

Die Beamtin faltete das Blatt auseinander. In flüchtiger Schrift war darauf eine Nachricht vermerkt.

»Kümmern Sie sich um Rosalie. Danke, Ihr David Asmus.«

»Mein Mann wollte schon bei den Eltern vorsprechen, fragen, was das zu bedeuten hat, aber dann ist ihm etwas dazwischengekommen.«

Carola Mohn ließ den Brief sinken. Ihre Augen streiften die Pfarrersfrau. »Sagten Sie, er kam gestern mit der Post?«
»Ganz recht, so war es.«

»Dann muß David ihn am Sonnabend eingeworfen haben, das bedeutet, er muß gewußt haben, daß ihm etwas zustößt.«

Beide Frauen schwiegen, jede erkannte die ungeheure Tragweite dieser Bemerkung.

»Wie furchtbar«, flüsterte die Pfarrersfrau schließlich, »hätten wir doch nur mehr von der Familie gewußt.«

»Sie kannten sie gar nicht?« Carola Mohn erhob sich und schritt auf die Tür zu. Auch Frau Simon stand auf. »Nein, die Familie war katholisch, bei uns in der Gemeinde sahen wir sie nie, außerdem wünschte die Mutter keinen Kontakt zu uns, obwohl mein Mann den Jungen unterrichtete. Sie bestand auf Distanz, vom ersten Moment an...«

Die Frauen traten vor die Haustür. »Bitte grüßen Sie Ihren Mann«, meinte Carola Mohn und reichte Frau Simon die Hand, »es kann sein, daß ich ihn noch einmal sprechen muß.«

Damit rannte sie durch den Regen zu ihrem Wagen, sprang hinein und fuhr durch die menschenleeren Straßen der Ortsausfahrt zu.

David – wieso hat er gewußt, daß ihm etwas zustoßen würde? Carola Mohn zündete sich eine Zigarette an.

Wie komme ich bloß an diesen Vater? Wie an Rosalie?

Bei dem Mädchen lag der Schlüssel zur ganzen Geschichte, das spürte die Beamtin. Doch ohne Erlaubnis der Mutter war nichts zu machen, kein Gericht der Welt gestattete ihr, mit dem Mädchen zu reden ohne die erforderliche Zustimmung der Mutter! Und daß sie in dieser Frau eine Gegnerin hatte, das fühlte Carola Mohn nur zu gut.

»Verdammter Mist«, murmelte sie. Dann steigerte sie das Tempo. Erst einmal nach Hause, dachte sie, das andere würde sich finden. Irgendwann. Dessen war sie sich sicher.

»Du willst mir doch nicht erzählen, daß du kein bißchen weitergekommen bist?«

»Doch«, Carola Mohn nickte, mit resigniertem Lächeln blickte sie zu ihrem Mann, der neben ihr in der Ecke des Sofas lehnte. »Ob du's glaubst oder nicht. Die Frau war vollkommen dicht; hat von ihrem Sohn gesprochen wie von einem Fremden. Da war nichts rauszubekommen.«

Ihr Mann schüttelte den Kopf. »Kann ich mir nicht vorstellen – als Mutter ein solches Verhalten, wie kann das angehen?« Er beugte sich vor, nahm die Teekanne zur Hand und goß seiner Frau frischen Tee in die Tasse.

»Hast du eine Ahnung«, Carola schnickte wegwerfend mit den Fingern, »die hat nur ihre Konzerte im Kopf, sonst interessiert diese Frau wahrscheinlich gar nichts; bis auf ihren Mann, klar.«

»Hast du nicht mit der Tochter reden können, dieser Rosalie?«

»Wie denn? Die ist bei ihren Großeltern. Außerdem sagte ich dir doch, die Frau ist vollkommen zu. Ich komme weder an Rosalie noch an ihren Mann, diesen Tano Asmus. Für sie und ihre Familie ist David erledigt, nichts, was ihn belangt, interessiert sie.«

»Das gibt es doch gar nicht!«

»Was glaubst du, was es alles gibt«, Carola Mohn griff nach der Zigarettenschachtel, »ich habe schon ganz andere Mütter kennengelernt; aber wenigstens haben die den Mund aufgemacht, haben geredet, nicht abgeblockt, wenn man Fragen hatte.«

Sie schwieg, nachdenklich spielte sie mit den Ringen an ihren Fingern. »Möchte wissen, was hinter Davids Schock steckt«, meinte sie nach einer Weile, »da muß irgend etwas gewesen sein, etwas, was der Junge verschwiegen hat...«

»Du denkst«, begann ihr Mann, doch bevor er den Satz beendet hatte, wurde er vom Läuten des Telefons unterbrochen. Carola Mohn sprang hastig auf und nahm den Hörer ab.

»Hallo?« meldete sie sich, ohne ihren Namen zu nennen.

»Frau Mohn? Hier Ilona Becker.«

»Ilona, du? Was gibt's so Dringendes um diese Zeit?«

Die Beamtin sah zur Standuhr in der Ecke des Zimmers, fast 21 Uhr.

»Ich habe heute nachmittag schon versucht, Sie zu erreichen, aber da hat keiner abgenommen«, entschuldigte sich das Mädchen.

»Schon gut, Ilona, was hast du denn auf dem Herzen?«

Das Mädchen holte tief Luft. »Das kann ich jetzt nicht so gut sagen, ich rufe vom Heim aus an«, fügte es leise hinzu, »haben Sie morgen früh Zeit für mich?«

Carola Mohn zog die Brauen zusammen. »Morgen früh, was heißt das, um welche Uhrzeit?«

»Am besten gleich, wenn Sie kommen?« Ilona schien aufgeregt, wenn sie es auch zu verbergen suchte.

»Nein, Ilona, das geht nicht. Als erstes will ich ins Krankenhaus, ich muß unbedingt mit David reden.«

»Dann danach?« drängte das Mädchen.

»Also gut«, willigte die Beamtin ein, »ich erwarte dich, sagen wir gegen 10.30 Uhr?«

»Abgemacht«, Ilona wirkte erleichtert. »Und bitte, sagen Sie David nichts, ich meine, daß ich gequatscht habe, über die Sache mit Rosalie.«

»Keine Sorge, ich werde schweigen wie ein Grab.«

»Haben Sie etwas rausbekommen, Sie wissen schon, von Davids Eltern?« fragte das Mädchen unvermutet, ihre Stimme verriet Spannung.

»Tut mir leid, Ilona. Die Sache sieht nicht gut aus, ich stecke fest, bin bis jetzt nicht weitergekommen, kein Stück.«

»Verdammt«, murmelte das Mädchen, dann hängte es den Hörer ein.

Auch Carola Mohn legte auf. »Merkwürdig«, sagte sie. Nachdenklich setzte sie sich wieder zu ihrem Mann.

»Wer war das?« fragte er.

»Ilona Becker, sie will mich dringend sprechen, weiß der Kuckuck, aber irgend etwas hat das Mädchen«, erwiderte sie.

»Morgen bist du klüger«, beruhigte sie ihr Mann. Carola Mohn nickte. »Du hast recht«, lächelte sie, griff nach der Flasche, die neben ihr auf einem kleinen Beistelltisch stand, und goß sich einen Schuß Rum in den Tee.

»Auf Morgen«, sagte sie und hob ihre Teetasse.

Pünktlich um neun Uhr früh betrat die Beamtin Station II des Städtischen Krankenhauses. Der Gang war leer, niemand war zu sehen, so steuerte sie ungesehen auf Zimmer sechs zu und öffnete die Tür. Der Junge war wach, stumm blickte er Carola Mohn entgegen.

»Guten Tag, David, schön, dich wach zu sehen«, lächelte sie und setzte sich auf den am Fußende stehenden Stuhl. »Ich bin Carola Mohn vom zweiten Kommissariat…«

Davids Gesicht zeigte keine Regung. In seinen dunklen, fast schwarzen Augen vermeinte die Beamtin einen Anflug von Abwehr zu erkennen.

»Ich möchte dir gern ein paar Fragen stellen«, fuhr sie fort.

Der Junge hob den Blick zur Decke, sagte aber nichts.

Carola Mohn wartete. Nichts geschah.

»Hör mal, David«, sagte sie schließlich. »Du bist bewußtlos aufgefunden worden, auf dem Deck eines Schiffes. Kannst du mir verraten, wie du dorthin gekommen bist?«

Stille. Keine Antwort.

»David, was ist passiert? Wieso warst du betrunken?«

Der Junge schloß die Augen. Nichts an ihm regte sich, die Fragen der Beamtin schienen ihn nicht zu berühren.

Carola Mohn seufzte. Resigniert starrte sie auf den Tropf, an den der Junge angeschlossen war.

»Warum willst du der Polizei nicht helfen?« begann sie drängend, »wie sollen wir dir helfen, wenn du uns verschweigst, was du weißt?«

Wieder trat eine Pause ein; wieder gab der Junge nichts von sich.

»Hast du vor irgend etwas Angst?« fragte die Beamtin eindringlich, es mußte doch etwas aus diesem Jungen rauszukriegen sein.

Vergeblich. Von David war nichts zu erfahren, nicht das Geringste. Weiter bedrängen, das wollte Carola Mohn ihn nicht; damit war sie noch nie gut gefahren.

»Ich merke«, sagte sie, sich erhebend, »du magst nicht reden, jedenfalls im Augenblick nicht. Gut – ich komme morgen wieder, überlege dir bis dahin, ob du dir von uns nicht doch helfen lassen willst, David. Du brauchst doch die Hilfe, oder?« Sie hielt dem Jungen die Hand hin; aber auch die verweigerte er. Es war, als sei die Beamtin Luft für ihn. Kopfschüttelnd begab sie sich zur Tür. Dort wandte sie sich ein letztes Mal um. »Du kennst mich noch nicht«, meinte sie langsam, »aber eines sage ich dir jetzt schon; ich gebe nicht auf, nie!«

Plötzlich sah David die Beamtin an. »Auf Wiedersehen«, meinte er leise. Ohne zu antworten, verließ Carola Mohn das Zimmer. Sie war erleichtert; David hatte etwas gesagt, das war ein gutes Zeichen.

Im Gang traf sie auf Dr. Johann, den Stationsarzt. Er war schlank und groß, wirkte jugendlich, obwohl sein Haar längst ergraut war.

Sein Gesicht zeigte geduldige, weiche Züge.

»Guten Tag, Frau Mohn.« Er reichte ihr seine große, warme Hand.

Carola Mohn erwiderte den Händedruck. »Wie steht es um David?«

Der Arzt wiegte bedenklich den Kopf. »Wenn ich das wüßte«, meinte er nachdenklich, »der Junge hat irgend etwas…, mal ganz abgesehen von seinen Verletzungen, da ist noch was anderes.«

Schweigen. Abwartend sah die Beamtin den Doktor an.

»Wissen Sie, sein Verhalten ist sehr eigenartig, er läßt keinen von uns an sich ran, spricht nicht, reagiert kaum, wirkt irgendwie vollkommen apathisch. Ich habe das Gefühl, ihn bedrückt etwas.«

Einen Moment lang hielt Dr. Johann inne, dann fuhr er langsam fort: »Nicht einmal Essen mag er, verweigert es strikt…, wenn Sie mich fragen«, der Doktor vergrub die Hände in den Taschen seines Kittels, »der Junge hat abgeschlossen, der will nichts mehr, wahrscheinlich handelt es sich bei ihm um einen Suizidversuch.«

»Sie sind davon überzeugt?«

»Glauben Sie mir, ich habe Erfahrung, Frau Mohn.«

Wieder herrschte Schweigen zwischen den beiden. Schließlich meinte Dr. Johann mit einem Seufzer: »Ich möchte natürlich keine voreiligen Schlüsse ziehen. Heute nachmittag werde ich mir die Zeit nehmen, den Jungen noch einmal zu befragen, vermutlich hat er sich Ihnen gegenüber auch nicht geäußert?«

»Kein Wort habe ich aus ihm herausbekommen«, erwiderte die Beamtin, »passiert mir selten, so etwas.«

»Ich werde mein Bestes tun«, lächelte der Arzt, »ich gebe Ihnen dann Bescheid.«

»Danke, Dr. Johann, das ist nett von Ihnen.«

»Keine Ursache, Frau Mohn, ich rufe Sie morgen an.«

»In Ordnung – bis morgen«, sagte Carola Mohn, dann machte sie sich auf den Weg zurück ins Revier. Sie fühlte sich beruhigt, dieser Arzt flößte Vertrauen ein.

Die Beamtin hatte eben ihr Dienstzimmer betreten und sich hinter ihren Schreibtisch gesetzt, als es an die Tür klopfte. Sie sah zur Uhr, gleich halb elf, das mußte Ilona Becker sein.

»Herein«, rief Carola Mohn und blickte dem Mädchen entgegen.

»Da bin ich«, Ilona schloß die Tür hinter sich und blieb an die Wand gelehnt stehen.

»Was bringst du denn da?« Überrascht starrte die Beamtin auf den Geigenkasten, den das Mädchen sorgsam unter dem Arm hielt.

»Gehört David«, erklärte Ilona mit einem verlegenen Blick zu Boden, »hat er mir anvertraut.«

»Dir anvertraut?« Carola Mohn winkte Ilona zu sich. »Na«, fügte sie lächelnd hinzu, »was sagte ich: Du hast mir also doch etwas verschwiegen.«

»Ich dachte, es sei nicht so wichtig«, versuchte das Mädchen sich zu entschuldigen.

»Und?« Die Beamtin lächelte noch immer, »wieso bringst du mir jetzt Davids Geige?«

»Davids Geige?« Ilona schüttelte den Kopf, »daß die da drin

ist, dachte ich auch mal.« Herausfordernd sah sie Carola Mohn an. »Aber von wegen, mittlerweile denke ich da anders drüber, hören Sie mal.« Das Mädchen begann, den Kasten hin und her zu schütteln, dabei war deutlich ein leichtes Rumpeln zu vernehmen.

»Eine Geige klappert nicht«, erklärte Ilona bestimmt, »die sitzt fest, hat David mir gezeigt.«

»Wieso hat David dir sein Instrument anvertraut?« Noch wollte die Beamtin dem Mädchen nicht so recht glauben.

»Er sagte, falls was passiert, paß auf meine Geige auf.« Ilona nickte, »genau das hat David gesagt, bevor er sich abseilte.«

»Aha«, Carola Mohn sah das Mädchen eindringlich an, »dann weißt du doch auch bestimmt, weshalb und wohin David sich abseilte?«

Sofort blockte Ilona ab. »Keine Ahnung«, erwiderte sie schroff, »und wenn, ich habe David die Hand drauf gegeben, nichts zu sagen.«

»Schon gut«, die Beamtin erhob sich, »gib mal her.« Sie streckte die Hand nach dem abgegriffenen Kasten aus.

»Ist abgeschlossen«, meinte Ilona grinsend, »sonst hätte ich schon längst meine Nase reingesteckt.«

»Das werden wir gleich haben«, Carola Mohn zog eine winzige Nagelfeile aus ihrer Schreibtischschublade; mit geübtem Griff öffnete sie die beiden kleinen Schlösser und schnickte den Deckel hoch.

»Hallo«, brachte sie überrascht hervor. Ungefragt sprang Ilona hinzu.

»Das sind ja Tagebücher«, meinte sie entgeistert.

»Du sagst es«, nickte die Beamtin und nahm eines der dicken Hefte zur Hand, die in dem Kasten verstaut waren.

»Was machen Sie damit?« Ilona sah fragend auf.

Die Beamtin schwieg, faßte das Mädchen bei der Schulter und schob es sanft zur Tür.

»Lesen, Ilona. Und zwar gleich.«

Das Mädchen wandte sich noch einmal um. »Werden Sie mir was sagen, ich meine, wenn Sie was rauskriegen da...?«

»Wir werden sehen.« Carola Mohn lächelte. Sie schloß die Tür hinter Ilona, rief Oberkriminalrat Struve an und bat ihn für den Nachmittag um Dienstbefreiung. Nachdem Struve eingewilligt hatte, schlüpfte sie in ihren Mantel und begab sich mit Davids Tagebüchern auf den Weg nach Hause.

Endlich würde sie erfahren, was es mit dem Fall Asmus auf sich hatte.

Carola Mohn lächelte. Irgendwie kam einem immer zu, was man brauchte; nur Geduld mußte man haben, nichts weiter als Geduld.

Ich bin Robinson Crusoe…
Ich brauche niemanden…
Nicht einmal Freitag…
Nein, nicht einmal den…

Früher war das nicht so; damals, als Ludwig noch lebte. Er hat sich um mich gekümmert, mir Schiffchen gebastelt und Papierhüte gefaltet.

Mein Vater, das war Ludwig nicht.

Lazlo Jidon war mein Vater, ein junger Geiger. Carmen hat ihn geliebt, wollte ihn halten, indem sie mich kriegte. Aber Lazlo ging, er blieb nicht bei Carmen, wollte frei sein, keine Familie. Weil Lazlo sie verließ, haßt mich Carmen. Ein Kind, das wollte sie nicht; sie kriegte es nur, um Lazlo zu halten.

Carmen war Studentin, in der Meisterklasse für Klavier studierte sie. Wollte berühmt werden. Übte von morgens bis abends.

Dann war ich plötzlich da. Ein Knüppel zwischen den Beinen. Ich war da – Lazlo weg.

Da heiratete Carmen Ludwig. Ludwig war reich, war viel älter als Carmen. War freundlich wie ein geduldiges Schaf.

Er trug Carmen auf Händen. Alles erlaubte er ihr. Verzieh ihr jede Laune. Bewunderte ihr Klavierspiel. Und ihre Schönheit.

Carmen war schön. Pechschwarzes, langes Haar. Stahlblaue Augen, eine Haut, so weiß wie Marmor.

Sie bewohnten ein Haus. Er schenkte ihr alles. Alles, was Carmen sich wünschte. Ließ zu, daß sie tagelang übte. Sich nicht sehen ließ. Rauchte und viel Wein trank.

»Du bist eine Künstlerin.« Das lächelte er.

Ludwig war reich, war viel älter als Carmen. Geduldig wie ein Schaf. Verwöhnte Carmen nach Strich und Faden. Erfüllte ihr jeden Wunsch. Rosalie wurde geboren. Da war ich zwei. Ludwig strahlte, war glücklich. Machte alles für Rosalie. Spielte, sang ihr was vor. Auch mir sang er was vor. Immer. Ludwig hatte mich gern. So gern wie Rosalie.

Alles war gut; bis es passierte. Das mit Ludwig. Das Schreckliche, daß er nicht wiederkam.

Da wurde alles anders.

Ich sitze auf dem Boden. Hocke unter dem Küchentisch und spiele mit Fridolin, das ist mein Teddy. Schon den ganzen Tag spiele ich mit Fridolin, erzähle ihm Geschichten. Und warte. Darauf, daß Carmen mit dem Üben aufhört. Daß sie endlich Schluß macht, mir was zu essen gibt.

Und darauf, daß Ludwig zurückkommt.

Er ist fort, bringt Rosalie zu Oma und Opa. Ludwigs Eltern sind das. Carmen mögen sie nicht, obwohl sie so schön ist. »Das ist keine Mutter«, sagen sie, »keine Hausfrau, nichts. Die hat nur ihr Klavier im Kopf.«

Muß Ludwig auf Geschäftsreise, bringt er Rosalie zu ihnen. Damit sie versorgt ist, ordentlich betreut wird. Noch ist Rosalie klein. Erst zwei ist sie. Ich bin schon vier. Bleibe bei Carmen, die übt. Den ganzen Tag hockt sie am Flügel.

»Du bist alt genug«, heißt es, »du kannst schon alleine spielen.«

Also sitze ich unter dem Tisch und spiele. Mit Fridolin, das ist mein Teddy. Schon dämmert es.

Es ist still im Haus. Endlich hat Carmen aufgehört mit ihrer Überei. Alles ist ruhig; nichts höre ich. Wahrscheinlich raucht sie und trinkt, wie immer, wenn es dunkel wird.

Ich lausche. Auf die Stille im Haus. Früher, da hatte ich Murmel. Geknabbert hat er, ist auf dem Boden langgesaust. Aber Murmel, den gibt es nicht mehr.

Murmel ist tot. Carmen hat ihn zwischen der Tür zerquetscht. Ich habe ihn begraben. In einer Zigarrenschachtel. Draußen im Garten; gleich unter meinem Fenster. Mit Körnern in seinem Grab. Für alle Fälle.

Murmel war mein Hamster.

Ich gehe zum Fenster, steige auf den Stuhl darunter, damit ich besser gucken kann. Sehen tue ich nichts. Die Welt draußen hat sich versteckt hinter einer undurchdringlichen Nebelwand.

Ich beuge mich vor. Drücke meine Nase an der Scheibe platt. Sehe trotzdem nichts.

Nebel war schon, als Ludwig fortfuhr. Nur nicht so dicht.

Ich begucke mir die Wand vor dem Fenster, suche ein Loch, wodurch ich die Welt erkenne. Vergeblich. Sie bleibt mir verborgen. Plötzlich erschrecke ich; durch die Stille des Hauses schrillt das Telephon. Ich horche. Höre, wie Carmen aus ihrem Zimmer kommt, spricht. Aufgeregt, als sei was passiert. Dann verstummt sie, wirft den Hörer in die Gabel, verschwindet wieder in ihrem Musikzimmer. Ohne nach mir zu sehen, ohne ein Wort zu sagen.

Warum kommt sie nicht zu mir?

Warum bin ich Luft für sie?

Warum hat mich nur Ludwig gern?

Nur manchmal fällt ihr ein, daß ich da bin. Meistens, wenn sie getrunken hat, nicht viel, nur so, daß es reicht. Dann kommt sie. »Mein kleiner Lazlo, mein Engel.« Sie drückt mich, küßt mich.

Ich wehre mich. Bin nicht Lazlo, bin kein Engel.

Reiße mich los und verstecke mich. Carmen soll mich nicht finden.

Draußen wird es finster. Noch immer stehe ich auf meinem Stuhl, suche noch immer ein Loch in der Wand, wie dunkle Milch, so sieht sie aus. Umsonst. Die Welt hält sich vor mir verborgen. In undurchdringlichem Nebel.

Ich denke an Ludwig. Sehe ihn vor mir; seine große Gestalt, sein treues Gesicht, sein graues Haar, das krusselig ist. Wie die Wolle von einem Schaf. Kommt er, gibt's was zu essen, das weiß ich. Mein Magen knurrt, ich habe Hunger. Warte, daß Ludwigs Auto stoppt, draußen vor unserem Haus.

Ludwigs Auto stoppt nicht vor dem Haus. Dafür schellt es, ich höre Stimmen von Männern. Sie sind mir fremd, ich kenne sie nicht. Sie reden, erklären was. Dann gehen sie wieder, alles ist ruhig. Kein Laut, nichts dringt zu mir. Ist Carmen fort, mit den Männern gegangen?

Sie ist es nicht. Plötzlich erscheint sie, totenblaß. Setzt sich an den Tisch, schenkt sich Wein ein, von gestern steht er noch da.

»Kommt Ludwig?« frage ich.

Carmen antwortet nicht. Trinkt den Wein, starrt ins Leere.

»Wann kommt Ludwig?« Ich frage noch einmal.

Wieder gießt Carmen sich Wein ein. Ihr Gesicht ist steinern.

»Ludwig kommt nicht, Ludwig ist tot«, murmelt sie. Dann stürzt sie das zweite Glas Wein runter.

Ich fühle einen Schlag. Was tot ist, weiß ich von Murmel.

»Wieso?« Mir wird schwindlig, ich rutsche vom Stuhl, halte mich an der Lehne fest.

»Verunglückt im Nebel«, sagt Carmen nur. Nimmt den Wein, wankt hinaus, läßt mich allein in der Küche zurück.

Ludwig im Nebel verunglückt?

Ich beginne zu frieren, zittre wie Espenlaub. Krieche zur Heizung, lehne mich an. Setze mir meinen Papierhut auf, ziehe ihn tief ins Gesicht.

»Ludwig«, heule ich, »Ludwig.« Warte darauf, daß er kommt. Ludwig kommt nicht. Er wird beerdigt.

Wir gehen zum Friedhof.

Ludwigs Freunde, Carmen und ich, neben mir Oma und Opa. Auch Fenja und Sven, sie sind Musiker, spielen beide Cello. Sie tragen Schwarz, sehen aus wie Gespenster; alle sehen aus wie Gespenster, mit denen Carmen mir manchmal droht. Schwarze Mäntel, Hüte und Schleier, grüne Augen und Zähne. So sehen sie aus, sagt Carmen. Dann, wenn ich sie beim Üben störe, nicht still bin, mit ihr spielen will.

Sie droht mir, mit schwarzen Gespenstern. Fangen wollen die mich, an Ketten legen. Ich verstecke mich, damit ich nicht gefangen werde, nicht in Ketten komme. So hat Carmen Ruhe.

An Ludwigs Grab steht ein Pfarrer. Er spricht, hält eine lange Rede. Es fängt an zu nieseln. Die Kälte kriecht an uns hoch. Der Pfarrer, er redet trotzdem weiter. Sagt uns, wie Ludwig gewesen ist. Alle hören zu, manche weinen, schnäuzen sich. Leute, die ich nicht kenne.

»Ludwigs Freunde«, erklärt Carmen später bei Kaffee und Kuchen, als Oma danach fragt. Rosalie ist nicht dabei.

»Sie ist noch zu klein«, meint sie zum Pfarrer, »wird ihren Vater bald vergessen.«

Opa nickt. »Wenn sie erst eine Weile bei uns ist.«

So höre ich davon. Erfahre, daß Rosalie nicht wiederkommt. Ich sehe von Oma zu Opa und wieder zurück.

»Ich will, daß Rosalie bei mir ist.«

Beide schütteln den Kopf. »Das geht nicht.«

Ich weiß schon, sie mögen Carmen nicht. Behalten Rosalie deshalb bei sich.

Ich laufe in die Küche. Stülpe mir Ludwigs Papierhut über, schaue hinauf zum Himmel. Fenja sagt, daß Ludwig dort ist.

Ich winke. »Ludwig«, rufe ich, »Ludwig, wo bist du?«

Nichts passiert. Stumm gleiten die Wolken über mich hin, Riesen sind es, in Schwarz und Grau.

Hat Fenja etwa gelogen?

Die Beerdigung ist zu Ende. Es ist still im Haus, alle sind gegangen. Auch Oma und Opa. Nicht einmal Fenja durfte bleiben.

»Laßt mich, ich will meine Ruhe.« Carmen ist abweisend, schickt alle weg. Nur ich bin noch da.

»Du, geh in dein Zimmer.« Sie gießt sich Cognac ein, trinkt. Sieht mich an, mit einem Gesicht aus Stein.

Ich gehe nicht, bleibe, wo ich bin, gucke zu Carmen, die wieder trinkt. Sie springt auf mich zu.

»Du sollst mich allein lassen!« Sie schubst mich in den Flur, verschließt die Tür hinter sich. Da gehorche ich, schleiche hinauf in mein Zimmer. Verkrieche mich in meinem Bett.

Denke an Ludwig im Himmel. Finde keinen Schlaf. Gleite aus dem Bett, husche ans Fenster. Hebe die Hände und winke.

»Ludwig«, rufe ich, »Ludwig, hier bin ich!«

Da sehe ich ihn. Weit oben zwischen den dunklen Wolken. Er lacht, winkt auch mir zu. Da bin ich froh, krieche zurück ins Bett, schlafe ein.

Carmen läßt alles, wie es ist. Trinkt und schläft. Den ganzen Tag. Mich hat sie vergessen. Ich esse von dem Kuchen, der übrig ist, knabber alte Kekse. Warte, daß Carmen zu trinken aufhört. Mit mir spielt und spricht.

Sie tut es nicht. Die Tage vergehen, nichts ändert sich. Da klingelt das Telephon. Es ist Fenja. Sie fragt nach Carmen.

»Die schläft«, sage ich.

»Aber David, es ist doch Mittag.«

»Sie schläft immer, den ganzen Tag.«

Es stimmt. Carmen steht nicht auf. Sie bleibt in ihrem Bett. Nur manchmal, wenn der Hunger sie treibt, erscheint sie. Schlurft im Bademantel in die Küche, streicht sich ein Brot. Auch mir macht sie eines, wenn sie mich sieht. Schön, das ist Carmen jetzt nicht mehr. Ihr Haar ist stumpf, das Gesicht grau. Ich fürchte mich, habe Angst. Wage Carmen nicht anzusehen.

»Mach dir selbst was, wenn du Hunger hast.« Sie kaut ihr Brot, nimmt sich Wein, geht wieder ins Bett. Üben tut sie nicht mehr, keine Taste rührt sie an. Liegt nur im Bett.

Fenja fragt weiter: »Aber David, was ist mit dir? Was machst du den ganzen Tag?«

»Ich spiele«, sage ich, »mit Fridolin.«

Schweigen.

»David«, meint Fenja schließlich, »Sven und ich müssen fort, für zwei Wochen. Richte Carmen das bitte aus.«

Ich verspreche es, höre, wie Fenja den Hörer einhängt. Wieder ist es still im Haus. Ich trotte in die Stube. Noch immer steht das Geschirr da, das von der Trauerfeier. Ich schleppe es in die Küche. Teller für Teller, Tasse für Tasse. Plötzlich erscheint Carmen, sieht, was ich tue.

»Mein kleiner Lazlo, mein Engel.« Sie kniet sich hin, umfängt mich. Ich weiche zurück, bin nicht Lazlo, bin kein Engel. Carmen rafft sich auf. Sie ist betrunken, riecht nach Schnaps und Zigarettenrauch. »Was ist!« Sie packt mich am Arm, »wie kannst du nur so böse sein!« Sie sperrt mich ins Klo, zu den Gespenstern, die mit grünen Augen und Zähnen. Ich habe Angst, heule.

Ich bin frei, längst.

Carmen hat mir verziehen.

Ich mache Striche, zählen, das kann ich schon. Für jeden Tag, den Ludwig nicht da ist, mache ich einen blauen Strich. Jetzt sind es zehn. Da ruft Oma an. Zum ersten Mal seit der Beerdigung meldet sie sich.

»Wie geht es, David, mein Junge?« Ich antworte nicht, Oma, sie hat mir Rosalie genommen.

»Ist deine Mutter da?«

»Einkaufen«, sage ich knapp. Es stimmt, Carmen ist ausgegangen, holt was zu essen und Wein. Ludwigs Flaschen sind alle leer, stehen unten im Keller.

»Wann kommt deine Mutter zurück?«

»Weiß nicht, Oma«, sage ich.

»Sie soll mich anrufen.« Dann legt Oma auf. Ich lausche in den Hörer, will Oma nach Rosalie fragen, wie es ihr geht, was sie macht.

Ich habe Sehnsucht nach Rosalie, möchte mit ihr spielen, ein Lied singen. Es geht nicht. Ich bin allein. Drücke Fridolin an mich, gehe zum Fenster und suche nach Ludwig; winke, wie schon einmal.

»Ludwig!« rufe ich, »Ludwig!« Umsonst, er zeigt sich nicht. Der Himmel bleibt schwarz und drohend. Ohne Ludwigs Gesicht, das lacht. Ludwig hat mich vergessen.

Ich stehe immer noch am Fenster, als Carmen zurückkommt. Sie ist nüchtern, ist ernst, stellt ihre Taschen auf den Küchentisch.

»Was tust du da«, sagt sie, »es ist kalt.« Sie schließt das Fenster, hebt mich vom Stuhl. »Brauchst du Luft?« Ich nicke, obwohl es nicht wahr ist. Luft, die will ich nicht, ich will Ludwig.

»Bald ist dein Geburtstag.« Sie lächelt mir flüchtig zu, räumt die Weinflaschen weg.

»Wie viele Striche muß ich machen?«

»Striche?« Carmen runzelt die Stirn.

»Bis mein Geburtstag ist.«

Schon wird sie mürrisch. »Weiß nicht«, meint sie und schiebt mich beiseite, sie muß an den Kühlschrank, Butter und Käse verstauen.

»Bitte, sage es mir.« Ich schaue an ihr hoch.

Carmen geht zum Kalender, guckt. »Sechs«, sagt sie und geht wieder zum Tisch. Meine Augen verfolgen sie, erkennen, wie sie eine Tüte Gummibärchen aus der Tasche angelt. »Für dich«, sie wirft mir die Bärchen zu. Ich kriege die Tüte zu fassen, reiße sie auf. Die Bärchen fallen zu Boden. Ich bücke mich, suche zwischen Carmens Füßen nach meinen Bärchen, stopfe sie in den Mund. So viele, wie reinpassen, ich habe Hunger. Carmen merkt es nicht. Schon hat sie eine Flasche in der Hand, öffnet sie, gießt sich Wein in ein Glas und trinkt es aus. Ich lausche, rühre mich nicht von der Stelle. Höre, wie Carmen sich noch mal was einkippt. Da fällt mir Oma ein, die Carmen anrufen soll.

»Du sollst Oma anrufen.« Carmen zieht die Brauen zusammen, trinkt das zweite Glas leer. Erst dann geht sie zum Telephon. Hinter ihr fällt die Tür ins Schloß, hinter Carmen, Zigaretten und Wein.

Ich bleibe, wo ich bin. Stopfe mir die Gummibärchen in den Mund und denke an die Striche. Noch sechs, dann habe ich Geburtstag. Dann werde ich fünf.

Wieder ist alles beim alten; Carmen schläft und trinkt. Mich vergißt sie. Jeden Tag. Jetzt sind nur noch zwei Striche übrig bis zu meinem Geburtstag. Das Haus ist still, ich fürchte mich, draußen tobt Herbststurm. Ich friere, gehe zu Carmen ins Zimmer. Es ist Tag, trotzdem ist es dunkel bei ihr, sie hat die Vorhänge zugezogen. Eine Lampe brennt; scheint auf volle Aschenbecher, auf leere Flaschen und Carmen mit wirrem Haar. Sie ist wach, richtet sich auf. Ihre Augen streifen mich, leer und glanzlos.

»Was ist? Was willst du?« Sie fährt sich über das Gesicht.

»Ich will mit dir spielen, will nicht allein sein.«

Carmen wirft sich in die Kissen. »Ich kann nicht mit dir spielen.«

»Warum liegst du immer im Bett?« frage ich, wage mich ein Stück näher heran. Ich habe Angst, mag nicht, wenn Carmen getrunken hat, aussieht wie eine fremde Maske. Sie schweigt, antwortet nicht. Düster blickt sie mich an. »Das verstehst du nicht«, murmelt sie schließlich.

»Ich will nicht immer allein sein. Warum kommt niemand zu uns?«

Carmens Gesicht wird zu Stein. »Das verstehst du nicht«, sagt sie wieder.

Ich trete an ihr Bett, bettel, daß jemand kommt, mit mir spielt.

Da setzt Carmen sich plötzlich auf. Zieht mich an sich.

»Mein kleiner Lazlo, mein Engel.« Sie erdrückt mich, ich kriege keine Luft; reiße mich los. Bin nicht Lazlo, bin kein Engel. Mag nicht, wie Carmen nach Wein riecht, nach kaltem Zigarettenrauch. Sie fällt in die Kissen zurück, starrt mich haßerfüllt an. »Mach, daß du rauskommst«, bringt sie hervor. Ich fliehe, stürze aus ihrem Zimmer.

Ich hocke in der Küche, kaue Brot und gucke den Strich an, den ich gemalt habe. Morgen werde ich fünf. Carmen hat es vergessen, sie liegt im Bett, schläft, wie immer.

Da klingelt es.

Fenja! Sie ist von der Reise zurück. Sie wirft einen Blick auf mich. »Wie siehst du denn aus?« stößt sie hervor; beguckt mich von oben bis unten. Auch ich schaue an mir runter. Noch immer habe ich die Sachen von der Beerdigung an. Eine schwarze Hose, ein weißes Hemd. Das Hemd ist dreckig, ist voll von Flecken. Fenja stiert mich fassungslos an. »Was ist, warum bist du so schmutzig?« Ich zucke die Schultern, schweige.

»Wo ist Carmen?« drängt sie.

»Schläft.«

»Schläft?« Jetzt weiß Fenja alles; sie stürzt in Carmens Zimmer.

»Mein Gott!« ruft sie aus. Kehrt zu mir zurück, streicht mir über das Haar. »War das die ganze Zeit so?«

Ich nicke. »Ist Oma nicht dagewesen?«

»Nein«, sage ich.

»Und sonst? Hat keiner nach euch gesehen?«

Ich schüttel den Kopf.

Fenja geht in die Küche, sieht sich um. »Mein Gott«, sagt sie noch einmal. Sie beginnt Ordnung zu machen, das Chaos zu beseitigen. Verzieht das Gesicht, weil alles stinkt. Ich gucke zu. »Noch einen Strich«, sage ich schließlich. Fenja beugt sich zu mir. »Noch einen Strich?« Sie zieht die Brauen hoch. »Dann habe ich Geburtstag.« Fenja setzt mich auf einen Stuhl, lächelt mich an. »Warte«, sagt sie und verschwindet, geht zu Carmen. Sie reden miteinander, das höre ich. Carmen wird laut, schreit, dann weint sie. Danach ist es still. Ich sitze auf meinem Stuhl, warte auf Fenja. Endlich kommt sie, schaut mich ernst an. »Deine Mutter ist krank«, meint sie, »bis sie gesund ist, bleibst du bei Sven und mir.«

Sie packt ein paar Sachen für mich zusammen, wartet, bis ich Fridolin und meinen Papierhut habe. Dann gehen wir.

»Ich komme später zurück!« ruft sie Carmen zu.

Ich gucke zum Himmel. Sehe Ludwig; da lache ich wieder.

Ich bleibe lange bei Fenja und Sven. Feier meinen Geburtstag mit ihnen, Advent und Nikolaus. Auch Weihnachten bin ich noch dort. Kriege einen Roller, rot ist er mit einer Klingel, die Mäuseohren hat. Ich bin froh, mag Fenja und Sven; möchte immer bei ihnen bleiben. Es geht nicht. Carmen ist gesund, ist aus der Klinik, wo sie war, entlassen. Nur noch eingewöhnen muß sie sich, so lange darf ich noch bleiben.

Dann ist es soweit. Fenja rückt mir meinen Papierhut zurecht, drückt mir Fridolin in die Hand. »Komm«, sagt sie, »es geht los.«

Carmen öffnet uns die Haustür. »David, da bist du ja.« Sie zieht mich in den Flur, mustert mich, nimmt mir meinen Papierhut vom Kopf.

»So ein Unsinn«, meint sie, wirft den Hut in die Ecke. Geht mit Fenja durch das Haus, blitzsauber ist es. Ich hole meinen Hut, laufe hinauf in mein Zimmer, stell mich ans Fenster und suche Ludwig hoch oben in den Wolken. Erkenne Schnee, der vom Himmel fällt. Ludwig sehe ich nicht. Hat er mich für immer vergessen?

Es schneit und schneit; ich will raus. Will einen Schneemann bauen. Carmen erlaubt es nicht. »Du spielst in deinem Zimmer!« Sie schließt mich ein. Geht üben. Ganz gesund ist Carmen wieder, trinkt nicht mehr und schläft nur nachts. Ansonsten übt sie Klavier, wie eine Wilde. Sie möchte berühmt werden, nichts hält sie auf. Am nächsten Tag gehe ich doch raus, schleiche aus dem Haus, baue einen Schneemann. »So, Ludwig«, sage ich und drücke ihm eine Kartoffelnase ins Gesicht. Da entdeckt mich Carmen, zornig kommt sie aus dem Haus. Schleift mich in die Stube. »Hier bleibst du, kranke Kinder will ich nicht!« Wieder schließt sie mich ein. Ich schlucke, mag nicht eingesperrt sein. Sehe aus dem Fenster; betrachte meinen Schneemann. Noch fehlen ihm Augen und Arme. Trotzdem, ich mag ihn, es ist ein schöner Schneemann. Ich winke ihm zu, möchte mit ihm spielen. Es geht nicht, Carmen hält mich gefangen. »Ludwig«, heule ich, »Ludwig.«

Ich kriege Ausschlag. Erst in den Gelenken, dann im Gesicht, am Hals. Es juckt. Ich kratze; immerzu. Carmen schimpft. »Laß das dumme Gekratze«, droht sie, »vom Kratzen wird es nicht besser.« Sie legt Verbandszeug vor mir auf den Tisch. Will mir die Hände verbinden, damit ich nicht mehr kratzen kann. Ich verspreche, artig zu sein, das Kratzen zu lassen. Carmen glaubt mir. Trotzdem rennt sie zur Apotheke, kauft Salbe, schmiert mich ein damit. Sie ist verärgert, weil, ich halte sie vom Üben ab. Schließlich ist sie fertig. »Geh spielen jetzt«, sagt sie, geht und spült sich die Hände ab.
»Ich möchte raus.« Ich sehe an Carmen hoch, bettel mit den Augen. Sie schüttelt den Kopf, geht mit mir in mein Zimmer.

»Hier bleibst du, dein Ausschlag reicht mir.« Sie stellt mir einen Becher Stifte auf den Tisch, legt einen Malblock dazu. »Los«, befiehlt sie, »male ein schönes Bild.« Dann schließt sie mich ein, verschwindet ans Klavier.

Ich lausche, auf Carmens Geübe, mag es nicht mehr hören. Auch Carmen mag ich nicht, nie spielt sie mit mir, nie hat sie Zeit für mich. Bin ich eine hölzerne Puppe? Bin ich nicht mehr als Luft für sie? Ich male kein schönes Bild. Hole mir ein Buch, schreibe Wörter ab. Will lesen lernen und schreiben.

Als Carmen mich mittags holt, halte ich ihr den Block unter die Nase. »Guck mal«, sage ich. Carmen guckt nicht, statt dessen macht sie ein strenges Gesicht.

»Komm schon, es gibt Essen.«

Ich folge ihr, hocke mich an den Küchentisch, sehe zu Carmen, die Suppe auffüllt. Ganz in Schwarz ist sie, schwarze Jeans, ein schwarzes Hemd, die Lippen hat sie sich rot gemalt, das Haar geflochten, zu einem Zopf. Ihre stahlblauen Augen begegnen mir kühl. Sie stellt mir meinen Teller hin.

»Darf ich nachher raus?« frage ich, beginne meine Suppe zu löffeln.

»Nein«, sagt sie, »ich muß zur Probe.« Sie zündet sich eine Zigarette an. »Du bleibst in deinem Zimmer.«

Ich schaue zum Fenster, es schneit. Ich möchte zu Ludwig, ihn fertigbauen, ihm Arme geben mit einem Eimer dran.

»Iß!« befiehlt Carmen, weil ich nicht esse. Ich schüttel den Kopf, werfe meinen Löffel zu Boden. Starre in die Suppe und denke an Ludwig. Mein Schneemann in unserem Garten.

Ich kratze, den ganzen Nachmittag. Als Carmen von der Probe kommt, ist sie sauer. Sie ruft Oma an, muß mit jemandem über mich reden.

»Ich weiß nicht, was mit dem Jungen ist«, sagt sie.

Daß ich nicht raus darf, den ganzen Tag eingeschlossen bin, damit ich nicht störe, das, nein, das sagt Carmen nicht. Auch nicht, daß sie nie Zeit für mich hat.

Auch Oma weiß nicht, was mit mir ist. Sie will mich sprechen.

»David, mein Kind, wie geht es dir?«

»Oma, wann kommt Rosalie wieder?« frage ich statt einer Antwort.

»Wenn Frühling ist, dann kommt sie.«

Ich nicke, hänge den Hörer ein, glaube, was Oma verspricht.

Der Frühling ist da, nicht aber Rosalie. Noch immer ist sie bei Oma und Opa.

»Ein Kind reicht mir.« Das sagt Carmen. Also bleibt Rosalie, wo sie ist. Oma und Opa sind froh. Ich nicht, möchte mit Rosalie Schiffchen bauen und Papierhüte falten. Will nicht immer allein sein. Ich habe Angst, bin Carmen nichts als ein Klotz am Bein. Störe ihre Karriere. Ich höre, wie sie es sagt. Zu Fenja, als sie anruft. Ich weiß nicht, warum ich ein Klotz am Bein bin, weiß nur, ich möchte fort; mag nicht bei Carmen bleiben.

Ist es warm, darf ich in den Garten. Darf an den Bach hinter dem Haus. Da hocke ich, lasse Papierschiffchen schwimmen, selbst gefaltet habe ich die. Drei sind es; für Rosalie, für mich und für Ludwig im Himmel. Obwohl er mich vergessen hat. Die Sonne scheint, wir gleiten den blinkenden Bach entlang, weit in die Ferne. Auf eine Insel mit einem Haus. Darin wohnen wir. Singen und spielen, lachen und freuen uns. Haben uns lieb.

Immer wärmer wird es, der Himmel leuchtet wie blaues Glas, der Garten ist voller Blumen. Carmen hat es geschafft. Sie geht auf Reisen, gibt Konzerte, zusammen mit zwei anderen. Kammermusik machen sie. Ich gucke zu, wie Carmen packt.

»Und ich?« frage ich und sehe an Carmen hoch.

»Du kommst zu Fenja.«

So geschieht es. Fenja paßt auf mich auf, bis Carmen zurück ist. Dann spiele ich wieder am Bach. Muß Carmen fort, ist Fenja dran. Ein ewiges Hin und Her. Mal bin ich hier, mal bin ich da. Ich mag das nicht, sehne mich nach Ludwig. Wäre er bloß nicht im Himmel.

Carmen hat jemanden kennengelernt. Wo, weiß ich nicht, aber sie bringt den Mann mit nach Hause. Robert heißt er, hat Falten um Mund und Augen, graues Haar wie Ludwig.

»Robert schreibt Bücher.« Carmen strahlt, über das ganze Gesicht. Ich strahle nicht, kann Robert nicht leiden. Er schmust mit Carmen, stört sie nie. Hält sie dazu vom Üben ab, ohne daß Carmen was sagt. Immer macht sie sich schön für ihn, für mich hat sie keine Zeit.

Mein Ausschlag wird schlimmer. Der ganze Körper ist voll.

»Was ist bloß mit dir?« Carmen ist ratlos, ärgerlich, das ist sie auch. Sie mag nicht, wenn ich ihr Arbeit mache. Sie geht mit mir zum Arzt.

»Ihr Junge müßte ins Krankenhaus.« Das rät der Doktor.

Carmen erzählt es Robert. Sie beschließen, den Rat des Arztes zu befolgen. Als es losgeht, schreie ich, verstecke mich.

»Ich will nicht ins Krankenhaus.«

»Es dauert nicht lange«, beruhigen mich Robert und Carmen. Dann bringen sie mich fort, in einen riesigen Backsteinbau. Darin stinkt es, nach Medizin. Wieder schreie ich.

»Es dauert nicht lange.« Noch einmal sagen Carmen und Robert das. Dann gehen sie.

Beide haben gelogen. Es dauert doch lange. Drei Monate muß ich dort liegen. Festgebunden an Händen und Füßen. Damit ich mich nicht bewegen kann. Nicht kratzen kann. Ich versuche mich loszureißen. Heule nach Ludwig und schreie. Umsonst, keiner bindet mich los. Alle halten zusammen. »Deine Haut muß gesund werden.« Das sagen die Schwestern, das sagen auch die Ärzte. Ich glaube ihnen nicht. Hasse sie, keiner ist da, der mir hilft.

»Ludwig«, jammer ich nachts im Dunkeln, »Ludwig.«

Ich lausche, warte, ob Ludwig irgendwo auftaucht, mich losmacht, damit ich kratzen kann. Nichts passiert, Ludwig kommt nicht, der Himmel ist zu weit.

Endlich bin ich gesund, darf wieder nach Hause. Zu Carmen und Robert, der wohnt jetzt bei uns. Ich will nicht zu Carmen und Robert; sie haben mich belogen. Ich kriege Atemnot, weil ich nicht nach Hause will. Habe Angst, denke, daß ich jetzt sterben muß. Ich bekomme Medizin; sterbe nicht. Werde abgeholt, sitze bei Oma und Opa im Garten. Sie sind zu Besuch, besprechen, was mit Rosalie wird, mit dem Haus. Carmen und Robert wollen nach Amerika, für zwei Jahre, Ende Oktober geht es los. Robert hat einen Auftrag dort.

Ich beobachte Carmen, sie strahlt, ist aufgeregt, sitzt bei Robert auf dem Schoß. Sie lächelt ihn an, mit ihrem rot geschminkten Mund, ihre stahlblauen Augen hängen an ihm. Nie hat sie Ludwig so angesehn. Verknallt ist sie, über beide Ohren. Ich höre zu, was sie reden. Oma, Opa, Carmen und Robert. Rosalie bleibt, sie kommt nicht mit. Oma will es nicht, und Carmen, die auch nicht. Auch Rosalie ist ihr ein Klotz am Bein. Lieber ist sie frei und bei Robert.

Das Haus bezieht eine Freundin von Fenja. Bis wir zurück sind.

»Und ich?« frage ich.

»Du gehst mit nach Amerika«, meint Carmen, »du bist jetzt ein großer Junge.«

Ich gucke zu Oma, dann wieder zu Carmen. Sage, daß ich bei Rosalie bleiben will. Oma schüttelt den Kopf, auch Carmen. »Das geht nicht«, sagen sie. Ich merke, Oma will mich nicht, hat genug an Rosalie, außerdem ist Rosalie von Ludwig. Sie streicht mir über das Haar. »Zwei Jahre, David, das schaffst du schon. Dann seid ihr wieder zusammen.«

Ich nicke, sagen tue ich nichts. Sehe Fridolin an. Stumm erwidert er meinen Blick, aus braunen Knopfaugen.

1. November

Wir fliegen; in einem Flugzeug. Es brummt, und ich habe Angst. Ich weiß, daß Flugzeuge vom Himmel fallen. Ludwig hat es mir erzählt, auch er hatte Angst vorm Fliegen.

Robert und Carmen sitzen eng beieinander. Sie sehen sich an, küssen sich. Ich beobachte sie, von der Seite her. Nie hat Carmen Ludwig geküßt, nicht vor so vielen Leuten.

»Wir werden es schön haben«, sagt Robert. Carmen lächelt. »Ich weiß.« Sie gurrt, wie eine Taube. »Ich bin schon so gespannt.«

Ich bin nicht gespannt, will raus aus dem Flugzeug, zurück zum Haus mit dem Bach in der Wiese. Will meinen Papierhut und Fridolin, beides ist im Koffer vergraben. Auch mein Buch, aus dem ich Wörter lerne. Schon viele Buchstaben sind mir vertraut. Wenn ich groß bin, will ich schreiben. Viele Bücher, das weiß ich schon jetzt. Noch aber bin ich nicht groß, bin nicht einmal sechs. Klemme neben Carmen im Flugzeug, sehne mich nach Rosalie. Und Angst, die habe ich auch.

Als wir in Amerika ankommen, in New York, ist es dunkel. Wir verlassen das Flugzeug, steigen in einen Bus und fahren zur Halle, wo unser Gepäck auf uns wartet. Auf dem Dach der Halle stehen Menschen. Sie winken, ich freue mich, winke zurück.

»Laß das«, schimpft Carmen. Sie ist müde, voller Ungeduld, will nach Hause und schlafen. Mit Koffern und Taxi fahren wir in Roberts Wohnung. In einem Steinkasten ist sie, so hoch, daß ich das Ende nicht erkenne. Der Mann im Eingang gibt Robert die Hand, grinst, er sieht aus wie ein Kapitän. Mit blauer Jacke und Mütze, beides verziert, mit geflochtenen Goldstreifen. Der Portier ist es, er bewacht das Haus.

»New York ist gefährlich«, meint Robert, als er die Wohnungstür aufschließt, zwei Sicherheitsschlösser hat sie. Im siebten Stockwerk wohnen wir, in Räumen vollgestopft mit Büchern. Ich habe ein Zimmer für mich, nicht groß, dafür gehört es mir. Ein Bett steht darin, ein Tisch, ein Schrank, dazu ein großer Lehnstuhl. Ich gehe ans schmale Fenster, gucke raus. Nichts sehe ich, kein Baum, kein Strauch, kein Himmel. Nur tausend Lichtaugen, schweigend starren sie mich an. Weit unten kriechen Autoschlangen, auch sie haben leuchtende Augen.

»Darf ich da unten spielen?« Robert schüttelt den Kopf. »Kinder dürfen nicht auf die Straße, du spielst in deinem Zimmer.« Wieder bin ich gefangen, das weiß ich. Ich krame Fridolin aus meinem Koffer hervor, zeige ihm die Klötze vor dem Fenster, die mit den tausend Lichtaugen. »Jetzt sind wir eingesperrt«, sage ich und stiere an den Steinriesen hoch.

Carmen mag New York. Jeden Vormittag ist sie unterwegs. Guckt sich Museen an, geht in Galerien. Mittags kommt sie wieder, kocht, berichtet Robert, was sie gesehen hat. Ihr Klavier hat sie vergessen, auch, daß sie berühmt werden wollte. Immer hängt sie an Robert. Nur wenn sie ausgeht nicht.
»Nimm mich mit«, bettel ich.
Carmen winkt ab. »Davon verstehst du nichts, du bist zu klein.«
Sie schickt mich in mein Zimmer. »Male«, schlägt sie vor, »mich und Robert laß in Ruh.«
Ich verziehe mich, setze meinen Papierhut auf, gehe zum Fenster und suche Ludwigs Gesicht. Umsonst. Ich finde es nicht. Nicht den Himmel, nicht Ludwig, der lacht.
Trotte zum Tisch, wo Fridolin sitzt. Übe Buchstaben. »Wenn ich groß bin, schreibe ich Bücher.« Das sage ich zu Fridolin. Er guckt mich an. »Ich weiß«, sagen mir seine braunen Knopfaugen. Fridolin selbst bleibt stumm.

Bald ist Weihnachten. Carmen ist unterwegs, kauft Geschenke. Ich langweile mich, weiß nicht, was ich machen soll. Jeden Tag das gleiche: aufstehen, Frühstück, im Zimmer spielen, essen, spielen, abends ins Bett. In den Kindergarten gehe ich nicht. »Erst mußt du die Sprache lernen.« Ich höre Robert, das Geklapper der Schreibmaschine, er arbeitet. Stunde um Stunde. An mich denkt er nicht, hat mich vergessen. Schließlich gehe ich zu ihm. Mag nicht länger allein bleiben.
»Bringst du mir lesen bei?« Ich gucke durch den Türspalt. Robert dreht sich um, aus einer Wolke von Pfeifenqualm blickt mir sein Gesicht entgegen.

»Du und lesen?« Er zieht die Brauen zusammen, »du bist noch zu klein.« Ich gebe nicht auf, bettel weiter. Endlich gibt er klein bei. »Na schön, komm her.« Robert wundert sich, weil ich Buchstaben kenne, sie schreiben kann. »Das hätte ich nicht für möglich gehalten.« Dann zeigt er mir, wie man liest.

Weihnachten. Wir bekommen Gäste. Freunde von Robert, mich kennen sie nicht. Sie begucken mich, fassen mein Haar an, bestaunen es, lachen und sagen »wonderful«. Prüfen mich wie ein Spielzeug. Reden.
»Was sagen sie?« frage ich, ihre Sprache verstehe ich nicht.
»Sie meinen, du gleichst einem Mädchen.«
»Einem Mädchen?« Ich werde rot. Carmen wird ungeduldig.
»Ja«, antwortet sie, dann verschwindet sie im Weihnachtszimmer. Der Christbaum ist aus Plastik, das habe ich längst raus. Auch die Kerzen sind nicht echt, bekommen ihr Licht aus der Steckdose. Carmen rückt mir meine Schleife zurecht, aus schwarzem Samt ist sie. Genau wie ihr Kleid. Es ist das, was sie zu den Konzerten trug.
»Wolltest du nicht berühmt werden?« Ich frage, weil ich das Kleid sehe, mir ihr Klavier einfällt. Ihr Geübe. Sie wird blaß.
»Halt den Mund«, herrscht sie mich an. Schiebt mich auf meinen Platz. Verteilt Pute und reicht Schüsseln herum.
Alle essen, reden und trinken Wein, am meisten Carmen. Ich beobachte sie, ein Glas nach dem anderen leert sie. Ihr Gesicht ist gerötet, die Augen dunkel, unruhig streifen sie umher. Jetzt sieht Carmen aus wie damals, als Ludwig nicht mehr wiederkam. Als sie getrunken hat und geschlafen. Ich sehe zu Robert. Nichts merkt er, ißt Pute und redet. Lacht mir sogar zu. Ich lache nicht. Mag Robert nicht, mag New York nicht. Zum Haus will ich, mit dem Bach in den Wiesen, habe Sehnsucht nach Rosalie. Wünschte, Ludwig wäre bei mir.

Das neue Jahr hat begonnen. Draußen schneit es, zwischen den Steinriesen tanzen Millionen von Flocken. Ich möchte mit ihnen tanzen, möchte fort aus meinem Gefängnis.

Carmen ist mürrisch. Seit ich das mit dem Berühmtwerden gesagt habe, zeigt ihr Gesicht düstere Züge. Reden mit Robert tut sie kaum. Ich spüre, es ist dicke Luft. Irgendwie. Auch Robert blickt finster drein; ihn stört, daß ich Geige übe. Zu Weihnachten habe ich die bekommen. »Der Junge muß Beschäftigung haben.« Jetzt übe ich Carmen was vor. Carmen ist unzufrieden, denkt wieder an ihr Klavier, daran, daß sie berühmt werden will. Aus geht sie nicht mehr, das meiste kennt sie. Der Rest, den mag sie nicht sehen.

Wir sitzen beim Abendbrot. Carmen trinkt Wein: viel. Robert merkt es. Stutzt. »Warum trinkst du?« Carmen springt auf. »Ich kann so nicht leben!« Sie zündet sich eine Zigarette an, rennt auf und ab. »Ich brauche ein Instrument.« Robert preßt die Lippen zusammen, auch er ist geladen, seit Tagen.

»Wie soll ich in Ruhe schreiben«, meint er aufgebracht, »das Gefiedel von David reicht mir gerade.«

»Der Junge braucht Beschäftigung, das sagte ich dir bereits!«

»Ich weiß!« Robert brüllt. »Aber wenn du jetzt auch noch anfängst, nein!« Er verläßt den Tisch, stürmt aus dem Zimmer, geht und knallt die Haustür ins Schloß. Carmen setzt sich, trinkt wieder Wein. Mich hat sie schon vergessen. Stumm starrt sie vor sich hin, mit zornigem Gesicht.

Sie sprechen nicht miteinander. Drei ganze Tage. An mir läßt Carmen die Wut aus. Sage ich was, muß ich still sein. Darf nicht reden, kein einziges Wort. »Ab in dein Zimmer, da bleibe!«

Schließlich lenkt Robert ein. »Wir werden uns schon einigen.« Er versucht, Carmen in den Arm zu nehmen. Sie will nicht, macht sich steif wie ein Brett. Da einigen sie sich nicht. Streiten, Tag für Tag. Bis Carmen einen Anfall bekommt, sich ins Bett verkriecht. »So habe ich mir das nicht vorgestellt«, jammert sie.

Ich kauer in meinem Lehnstuhl. Halte Fridolin an mich gedrückt. Habe Angst, das was passiert. Hasse New York, die fremde Stadt, hasse Roberts Wohnung. Nach Ludwig habe ich Sehnsucht. Nach meinem Bach hinter dem Haus.

Plötzlich weiß ich, ich will fliehen. Setze meinen Papierhut auf, klemme Fridolin unter den Arm, schleiche mich aus der Wohnung.

»Wir kommen nie mehr wieder«, sage ich.

Wir kommen doch wieder. Der Portier entdeckt mich, als ich aus dem Fahrstuhl steige. Er ruft mir etwas zu, auf Englisch. Ich verstehe es nicht; will es auch nicht verstehen. Ich will fort! Meinem Gefängnis entkommen. Ich umklammere Fridolin, sause durch die Schwingtür; von dort auf die Straße. Ersticke im Meer von Menschen. Der Portier verfolgt mich, ruft mir noch immer was zu. Sicher hat er Anweisung von Robert, auf mich zu achten. Ich laufe, renne, so schnell meine Füße mich tragen. Versuche zu entkommen. Vergeblich.
Der Portier schnappt mich. Ich schreie, will mich losreißen. Nie wieder will ich zurück. Es geht nicht, seine stählerne Hand umfaßt mich. »Be quiet«, brummt er, als ich noch mehr schreie. Keiner hört mich, keiner achtet auf mich. In einem Meer von Menschen bin ich allein. Der Portier schleppt mich zurück in die Wohnung. Erklärt, was passiert ist. Zum ersten Mal bekomme ich Schläge. Carmen drischt auf mich ein, nach Strich und Faden. Läßt ihre ganze Wut an mir aus, die Wut, daß sie nicht berühmt wird. Danach sperrt sie mich ein.
»Hier bleibst du!« Sie schließt die Tür ab, wie immer.
Ich heule. »Ludwig, Ludwig, wo bist du?«

Sie haben sich doch geeinigt, Robert und Carmen. Ein Klavier wird gebracht, in ihr Zimmer gestellt. Carmen ist selig, verschwindet für den Rest des Tages. Übt wie eine Wilde. Ein Ende, das findet sie nicht. Erst als Robert heimkommt, abends, von einem Dichterkongreß, da taucht Carmen wieder auf. Macht Essen, wir setzen uns.
Robert möchte ihr erzählen, vom Kongreß, von den einzelnen Dichtern. Carmen hört nicht hin; hat nur ihre Musik im Kopf. Spricht davon, was sie kann und was nicht, was sie inzwischen vergessen hat.

Robert wird mürrisch, ich merke es. Stumm starrt er auf seinen Teller, zerstochert den Rest vom Spiegelei, rührt nichts mehr davon an. Schließlich hat er genug von Musik, von Carmens Gerede. Er erhebt sich. »Ich muß noch arbeiten.«
»Jetzt noch?« Carmen sieht staunend hoch.
»Jetzt noch!« Ein Türknall, dann ist Robert verschwunden.
Carmen zuckt zusammen, ihre Augen verdunkeln sich. Sie kippt sich Wein ein, trinkt, merkt nicht, daß ich sie beobachte, von der Seite her. Als sie meinen Blick spürt, wird sie wütend. »Ins Bett mit dir, aber los!« Zornig starrt sie mich an. Ich senke den Kopf, verstehe nichts, weiß nicht, warum ich ins Bett muß.
Ich fühle Angst, habe Wut. Stoße Carmens Weinglas um. Dann fliehe ich, stürze in mein Zimmer und schließe mich ein. Lausche. Nichts. Carmen bleibt, wo sie ist, verfolgt mich nicht. Ich hock mich aufs Bett, senke den Blick, mag nicht die vielen Lichtaugen sehen. Stülpe mir meinen Papierhut auf. Denke an Ludwig und weine.

Ich soll in die Schule. Bald.
»Immer zu Hause, so geht das nicht.«
Das sagt Carmen, befiehlt, daß ich Englisch lerne. Der Student soll es mir beibringen, der, der mir das Geigenspiel zeigt. Ich trotze. Will nicht in die Schule. Nicht hier. Ich möchte zurück zu Rosalie, zurück zu meinem Bach in der Wiese. Ich weigere mich, Englisch zu lernen. »Ich will nicht!« schreie ich. Carmen ist sauer, sie schlägt mich. Droht: »Lernst du nicht, passiert was!« Sie schließt mich ein, damit ich nicht fort kann. Sie selbst verzieht sich und übt. Jetzt ist es wie früher. Genau wie im Haus mit dem Bach. Carmen übt, berühmt will sie werden. Nichts in der Welt hält sie auf.
Ich hasse sie, hasse Musik, hasse mein Gefängnis.
Warum bloß bin ich hier? Eingesperrt inmitten von Steinriesen, sie glänzen, sind naß vom Regen. Längst ist der Winter vorbei, draußen ist Frühling. Raus, das darf ich trotzdem nicht. Ich wünschte, ich wäre bei Ludwig.

Robert hat Geburtstag. Carmen putzt mich raus, bindet mir meine schwarze Schleife um, striegelt mein Haar, bändigt es. »Warum das?« Ich wehre mich. Mag kein weißes Hemd, keine Schleife wie an Weihnachten, kein gebürstetes Haar.

»Wir gehen aus.« Carmen ist in Samt, ist geschminkt. Ihr Haar, das hat ein Frisör gekürzt, wie Prinz Eisenherz trägt sie es jetzt.

»Wohin denn?« frage ich. Mein Gefängnis verlassen, das macht mich froh.

»Wirst du schon sehen.« Sie faßt mich bei der Hand, dann gehen wir. Zusammen mit Robert.

Wir fahren zum Central Park, gehen spazieren. Die Sonne scheint, ich staune. Zum ersten Mal sehe ich Wiesen und Bäume. Zum ersten Mal bin ich nicht eingesperrt. Ich renne und springe rum.

»Geh ordentlich«, ruft Robert mir zu. Ich tue es nicht. Er merkt es nicht, schon hat er mich vergessen. Er redet mit Carmen, hat sie untergehakt, lächelt ihr zu und küßt sie.

Später gehen wir essen. In einem Restaurant, fast dunkel ist es von innen. Ich rutsche auf meinem Stuhl herum, langweile mich.

»Sitz still«, meint Carmen und studiert die Karte. Auch Robert studiert, was er essen soll. Er wirft mir einen kurzen Blick zu.

»Sei brav, dann bekommst du ein Buch von mir.«

Ein Buch? Ich bin neugierig, will wissen, was für eines, lesen, das kann ich inzwischen.

»Wart's ab«, meint Robert. Dann bestellt er sich Austern und trinkt mit Carmen.

Ich bekomme das Buch. »Robinson Crusoe« heißt es. Ich blätter darin herum. Keine Bilder, nur Buchstaben, ein richtiges Buch zum Lesen.

»Wer ist das, Robinson Crusoe?« Ich sehe an Robert hoch.

»Lies es, dann weißt du's.« Robert verschwindet, geht in sein Zimmer und schreibt. Carmen übt, wie immer. Auch ich verziehe mich, mit dem Buch, das Robert mir geschenkt hat.

Nach draußen, das darf ich noch immer nicht. Bin nach wie vor gefangen. Obwohl es warm ist und sonnig. Juni zeigt der Kalender an.

Ich hocke mich aufs Bett, beginne zu lesen, es geht langsam. Bald weiß ich, daß Robinson hier geboren ist, in New York. Daß er hier groß geworden ist. Mir gefällt er, nur so, weil er New York kennt: die Stadt, die mein Gefängnis ist. Vielleicht war sie das auch für Robinson Crusoe. Irgendwann nämlich will er fort. Schifft sich ein, fährt über das weite Meer.

Ich möchte auch fort, möchte wie er die Meere befahren, frei sein und nicht eingesperrt.

Es geht nicht, Carmen schließt mich ein. Damit ich nicht noch einmal fliehe. So geht das Tag für Tag.

Als Robinson Crusoe strandet, als er vom brausenden Meer ans Ufer einer einsamen Insel geschleudert wird, ist Carmen schwanger. Sie will kein Kind, um nichts in der Welt. Betrinkt sich und wankt zu Robert.

»Das ist allein deine Schuld!« fährt sie ihn an. »Konntest du nicht aufpassen!«

Robert steht da, mit hängenden Armen, bleich ist er wie ein Laken. »Meine Schuld?« stößt er hervor. Carmen trinkt einen weiteren Cognac. »Laß die Trinkerei«, seufzt er. Carmen wirft ihm einen zornigen Blick zu, rennt auf und ab; wie ein gefangenes Raubtier.

»Was wird aus meiner Karriere?« klagt sie. »Musik, das ist mein Leben!«

Robert sagt nichts. Seine Augen streifen Carmen, kalt wie nie. Dann geht er, verläßt wortlos das Zimmer. Das Krachen der Haustür verrät, daß er fort ist.

»Idiot«, zischt Carmen und trinkt.

Ich gucke zu, rühre mich nicht von der Stelle. Hocke am Fenster, neben dem Vorhang, keiner hat mich bemerkt.

Warum will Carmen kein Kind? denke ich. Warum ist Robert denn schuld? Fragen möchte ich, alles wissen. Schweige, habe Angst und traue mich nicht. Sehe zu Carmen, die trinkt.

Weint, jetzt ist sie betrunken. Wirft sich aufs Sofa und jammert. Klagt, daß sie nicht berühmt wird. Ich warte, bis sie fertig ist, nicht mehr klagt, nicht mehr heult. Aufsteht und in die Küche geht.

Da fliehe ich, husche zu Robinson Crusoe.

Seit jenem Tag ist dicke Luft. Carmen ist mürrisch, schimpft mit mir und schlägt mich. Einfach so, weil sie wütend ist, ein Kind im Bauch hat, das sie nicht will. Auch Robert ist sauer, bleibt stumm, blickt düster vor sich hin.

Schreibt er nicht, treibt er sich draußen rum. Betrunken kommt er später heim. Nach einer Woche hat er die Nase voll.

»So geht das nicht weiter!« brüllt er, »ich bin am Ende!«

Auch Carmen hat genug. Sie vertragen sich wieder; gehen aus, kommen erst spät in der Nacht zurück. Ich höre sie, wie sie lachen und rummachen miteinander. Musik anstellen, ein Bad einlassen.

Jetzt kriege ich doch ein Geschwister, denke ich.

Dann schlafe ich ein.

Carmen will das Kind nicht. Obwohl sie sich wieder vertragen hat mit Robert. Ist er nicht da, spielt sie verrückt, stellt die tollsten Sachen an. Hockt Stunden im dampfenden Wasser, springt hinterher rum wie ein Känguruh. »Weg mit dir«, faucht sie dabei. Dann trinkt sie heißen Wein und raucht.

Ich beobachte Carmen, wundere mich, verstehe nichts.

Ist Robert da, tut sie nichts von dem; umgarnt ihn und läßt das Üben sein. Turtelt rum wie eine Taube.

Robert geht ihr auf den Leim, wie verzaubert ist er. Bringt Carmen Blumen mit und andere Sachen. Freut sich, denkt, daß auch Carmen sich freut. Von ihrem Theater ahnt er kein bißchen.

»Bald haben wir ein Baby.« Er strahlt. Ich schaue an ihm hoch, soll ich verraten, daß Carmen verrückt ist; rumhüpft, stundenlang siedendheiß badet?

Ich brauche nichts verraten. Carmen wird plötzlich krank, muß sofort ins Hospital. Schnell geht alles. Was passiert ist, weiß ich nicht.

»Was ist mit ihr?« frage ich. Es ist Abend, Robert ist zurück vom Krankenhaus, sitzt im Sessel, trinkt einen Whisky.

»Sie hatte eine Fehlgeburt.« Er sieht mich an, aus müden Augen.

Ich sehe zu Boden. Fehlgeburt – nichts verstehe ich.

»Was ist das?« frage ich schließlich.

»Das Baby ist zu früh gekommen.«

»Und jetzt?« Robert streicht sich über das Gesicht.

»Es lebt nicht mehr.« Das murmelt er.

»Lebt nicht mehr?«

»Es ist tot«, sagt Robert und schluckt seinen Whisky. Ich denke an Murmel, der lange schon tot ist, an Ludwigs Gesicht im Himmel.

»Wie kommt so was?« frage ich Robert.

»Was weiß ich?« Er zuckt mit den Schultern, gießt sich noch einen Schnaps ein. Ich wende mich ab; sehe im Geiste Carmen. Wie sie rumspringt, raucht und trinkt, in dampfendem Wasser badet. Jetzt ist das Baby tot.

Ich verlasse Robert, will nichts wissen von alledem.

Gehe zu Robinson Crusoe...

Als Carmen gesund ist, entlassen wird aus dem Hospital, bleibt sie in ihrem Zimmer. Den ganzen Tag. Übt und übt Klavier. Hat nichts als nur noch Musik im Kopf. Robert denkt, das kommt von der Fehlgeburt.

»Carmen, mein Engel, nimm's nicht so tragisch.«

Wieder beschenkt er sie, versucht, sie zu trösten. Carmen wehrt ab. »Laß mich!« Sie hat nur ihr Berühmtsein im Sinn. Ich beobachte Carmen, ihr Gesicht ist schön, ist geschminkt wie immer. Aber ihre Augen, die sind wie damals. Damals, als Ludwig nicht wiederkam, sie Wein trank und nur schlief. Ich fühle, es ist wie früher. Merke, daß Carmen trinkt. Heimlich. Dann, wenn Robert nicht da ist.

Ich verkrieche mich, in meinem Zimmer. Habe Angst. Warum trinkt Carmen so viel Wein?

Ich nehme meine Geige, übe, damit die Angst vergeht. Carmen kommt in mein Zimmer gestürzt, starrt mich feindselig an.

»Laß das verdammte Gekratze!« schreit sie. Mit bleichem Gesicht steht sie da. Mein Geübe, das haßt sie. Es stört sie, in ihrer Unruhe. Die Unruhe, daß alles umsonst ist, daß sie es nicht schafft, das mit dem Berühmtwerden.

Fremd ist mir Carmen wie nie.

Die Tage verstreichen. Dann gehen wir aus. Sitzen in einem Café. Zusammen mit Robert. Er strahlt. »Wir werden verreisen«, sagt er.

»Verreisen?« Carmen runzelt die Stirn, stippt Krümel mit dem Finger auf, nippt an ihrem Kaffee. Es gefällt ihr nicht, ich merke es. Robert merkt es nicht. »Ja, mein Liebling, es wird dir guttun, nach allem, was du durchgemacht hast...«

Schweigen.

»Wohin reisen wir denn?« Carmens Blick ist voller Mißtrauen, sie hat nur ihr Klavier im Kopf.

»Zu den Niagarafällen«, Robert streicht ihr über das Gesicht. Sie weicht zurück. »Ich habe Angst vor Wasserfällen.«

Robert sieht sie entgeistert an. »Seit wann denn das, mein Engel?«

»Schon immer.«

Robert wird ärgerlich.

»Da steckt wohl etwas anderes dahinter.«

Er schaut Carmen an, mit dunklem Blick. Sie senkt die Lider, wird verlegen. »Gut, du hast es erraten.« Sie versucht ein Lächeln, will Robert friedlich stimmen. »Zwei Wochen, nicht länger, dann bin ich einverstanden.«

Ich schiele zu Robert hin; im Leben stimmt nicht, was Carmen sagt; berühmt will sie werden, sonst nichts.

Robert lächelt, glaubt ihren Worten.

»Fein, mein Engel, ich freue mich.«

Auch Carmen lächelt. Dann will sie Schnaps.

»Einen doppelten Cognac.« Das bestellt sie, schweigt und raucht vor sich hin.

Wir reisen nicht; fliegen nicht zu den Niagarafällen. Robert wird krank. Was er hat, weiß man nicht. Auch der Arzt ist ratlos. Er tippt auf einen Virus.
»Das kann dauern«, meint er und verschreibt Medizin.
Carmen triumphiert; jetzt hat sie endlich, was sie will. Braucht nicht weg, ihr Klavier verlassen. Ungestört kann sie üben. Den ganzen Tag. Robert liegt im Bett, schläft, kriegt nichts mit. Ich bleibe allein in meinem Zimmer, übe Geige, lerne Englisch. Carmen sehe ich nur zum Essen; danach geht sie wieder üben. Mich schickt sie lernen, bald komme ich in die Schule.
Es stimmt. Der Herbst hat begonnen, kein halbes Jahr mehr, dann werde ich eingeschult. Trotzdem lerne ich nicht, lese in meinem Buch. Ich muß wissen, was mit Robinson wird, Robinson ist mein Freund.
Ich bin traurig, wegen einer Ziege. Robinson hat sie erschossen, und dann hat er ihr Junges geschlachtet. Nie verstehe ich das, jetzt – jetzt mag ich Robinson nicht mehr. Einer, der so was macht, der ist nicht mein Freund. Auch wenn er in New York geboren ist. Ich streiche seinen Namen durch, in dem Heft, in das ich Striche male. Mit einem dicken, roten Stift. Keiner weiß, was es bedeutet. Nur ich. Robinson Crusoe ist fort, er ist nicht mehr mein Freund.

Robert hat es geschafft, er ist wieder gesund. Sitzt mit Carmen im Sofa, redet über Heirat. Längst ist es Abend, ich belausche sie, lege mein Ohr an die Tür.
»Nein«, sagt Carmen, »ich will nicht.«
Robert ist aufgeregt. »Aber warum, warum willst du nicht?«
»Ich eigne mich nicht zur Ehefrau, will nicht am Kochtopf stehen.«
Ich höre, wie Carmen Wein einschenkt, trinkt, das Glas auf den Tisch setzt. »Ich will Konzerte, sonst nichts.«

»Wenn ein Baby kommt, was dann?«

»Ich will kein Kind«, Carmens Stimme ist kalt, »nie mehr will ich ein Kind!«

Robert ist auf achtzig. »Du hast doch eines!« brüllt er, »und verheiratet warst du auch schon mal!«

»Mit Ludwig, das war etwas anderes…«

Robert springt auf. »Wieso das!«

»Er hat die Kinder versorgt«, schreit Carmen.

»Du denkst wohl nur an dich«, höhnt Robert, »an deine verdammte Musik.«

»Das mußt du mir sagen«, lacht Carmen, »du hast doch nur dein Schreiben im Kopf.«

»Der Junge braucht einen Vater.« Robert versucht es ein letztes Mal.

»Der Junge«, faucht Carmen, »ist dir doch egal.«

Ich habe genug gehört, schleiche davon. Längst weiß ich, ich bin Carmen egal, und Robert, auch dem bin ich schnurz.

Ich nehme mein Heft, das mit den Strichen, wo Robinsons Name ausgelöscht ist. Robert und Carmen passiert das gleiche. Ich streiche ihre Namen aus, mit dickem schwarzem Stift.

Niemand weiß, was es bedeutet. Nur ich.

Auch Robert und Carmen gibt es nicht mehr, wie Robinson sind sie gestorben.

Wiedermal ist es soweit. Meine Haut wird schlimm. Überall bekomme ich Ausschlag.

»Verdammt«, sagt Carmen, »jetzt geht das wieder los.«

Sie schmiert mir Salbe auf, glaubt, es hilft.

Es hilft nicht. Ich kriege Angst. Noch einmal in ein Krankenhaus. Noch einmal gefesselt an Händen und Füßen, nie im Leben will ich das.

Wenn es juckt, kratze ich nicht. Beiße die Zähne zusammen, balle die Hände zu Fäusten. Robert versucht mich abzulenken.

»Bald hast du Geburtstag«, meint er.

Ich sehe an ihm hoch. »Wann?«

»In zehn Tagen, wünschst du dir was?«

»Ein dickes Heft zum Schreiben.«

Robert schüttelt den Kopf. »Warum das?«

»Das hast du doch gehört«, zischt Carmen. Sie ist dabei, den Tisch abzuräumen, haßt diese Arbeit wie nichts.

»Halt den Mund, ich rede mit David!«

Robert streichelt mir über das Gesicht. Ich weiche zurück, renne hinaus, versteck mich im Klo und kratze doch. Kratze mich, bis es blutet.

Ich guck es mir an, das Blut. Jetzt komme ich doch in ein Krankenhaus; das denke ich. Dann wische ich es ab.

Ich habe Frieden geschlossen, mit Robinson. Weil er allein war, in einem Orkan; krank wurde von Kälte und Regen. Rum und Tabak, das hat ihm geholfen, hat ihm das Leben gerettet. Ansonsten? Gestorben wäre er, ganz einsam.

Ich bin froh, habe meinen Freund wieder. Noch einmal schreibe ich Robinsons Namen in mein Heft. Diesmal bleibt er, wie er ist. Ausstreichen tu ich ihn nicht. Dann verstecke ich das Heft, in meinem Geigenkasten; niemand soll es finden.

Nachts kann ich nicht schlafen, wegen meiner Haut. Ich weine, weiß nicht, wo ich zuerst kratzen soll. Am Morgen erscheint Carmen.

»Mein Gott, wie siehst du aus!«

Sie läßt mir eine Wanne voll Wasser laufen, schüttet Salz aus dem Toten Meer dazu.

»Rein mit dir!«

Ich jammer, will nicht in heißes Salzwasser steigen. »Los!«

Carmen packt mich, voll Ungeduld, will an ihr Klavier.

Ich schreie. Das Wasser brennt wie Feuer. »Ich will raus«, heule ich. »Du bleibst da drinnen.« Carmen schließt mich ein.

Ich schreie weiter. »Du willst wohl wieder ins Krankenhaus?«

Ich zucke zusammen, Carmens Drohung wirkt. Ich verstumme. Sitze und warte, bis Carmen mich freiläßt. Schon höre ich ihr Klavierspiel. Mein Hals wird eng, ich steige aus dem Wasser, warte nicht, bis sie kommt. Hocke mich auf den Boden.

Ich hasse Carmen, hasse Robert, hasse mein Gefängnis.

Wenn ich groß bin, werde ich schreiben. Dicke Bücher, das weiß ich schon jetzt; schreibe darin, was ich denke.

Carmen hat sich rausgeputzt, auch Robert. Ausnahmsweise streiten sie nicht, sind nett zueinander. »Heute ist dein Geburtstag.« Das sagen sie; dann rufen sie den Doktor, weil ich Atemnot habe.

Er kommt, begutachtet mich, merkt, daß ich keine Luft kriege. »Dabei«, Carmen lächelt den Doktor an, »der Junge hat heute Geburtstag.«

»Geburtstag und dann krank?« Der Doktor schüttelt den Kopf, zieht eine Spritze auf, piekst mich in den Po.

»Gleich wird es besser«, sagt er und geht.

Es stimmt, die Spritze hilft: Ich kann wieder atmen. Wir trinken Kaffee, dann bekomme ich Geschenke. Von Carmen und von Robert. Ein Fernglas hat er für mich. »Damit kannst du die Sterne betrachten.« Sterne? – Ich starre auf die Betonriesen vor dem Fenster. Nie gibt es hier Himmel und Sterne.

Mittags gehen wir essen. In das Restaurant, das innen fast dunkel ist. Ich bin müde, mag nicht hier sitzen, mag nichts essen, am liebsten möchte ich heim.

Carmen schüttelt den Kopf. »Du hast doch Geburtstag.« Dann stößt sie an, trinkt mit Robert Wein auf mein Wohl. Als mein Essen gebracht wird, bekommt es Robinson. Jeden Bissen. Heimlich muß er ihn schlucken. Nach dem siebten ist Schluß, trotz Robinson kriege ich nichts mehr runter. Ich schiebe meinen Teller beiseite, lehne mich zurück, beobachte Carmen und Robert. Reden tun sie kaum miteinander, aber immerhin, sie streiten nicht. So wie sonst. Seit Carmen gesagt hat, daß sie kein Kind will, nicht für den Kochtopf geeignet ist, zanken die beiden sich immer. Ich bin froh, wenigstens heute streiten sie nicht, heute sind sie friedlich.

Nach dem Essen steht eine Kino-Show an. Mit mir, weil ich Geburtstag habe. Aber ich wehre mich: »Ich bin müde.«

»Nun komm schon.« Carmen zerrt mich mit sich.

»Ich will nach Hause.« Mein Weigern nützt nichts, Carmen und Robert wollen ins Kino.

Wieder wird mein Hals eng, wieder fällt mir das Atmen schwer. Carmen merkt es. »Was ist, hast du schon wieder Atemnot?« Sie sieht auf mich runter, ich nicke. Sie schlägt die Augen zum Himmel auf, dann streicht sie mir über den Kopf. »Na gut, dann ab nach Hause.«

Ich muß ins Bett. »Das war ja kein schöner Geburtstag«, Carmen zieht die Vorhänge zu.

»Doch«, ich greife nach meinem Papierhut, will ihn aufsetzen. Carmen entreißt ihn mir. »Dummes Zeug.« Sie verschwindet. Geht ans Klavier und spielt irgendwas.

Ich liege, drücke Fridolin an mich. Da wird es besser, das mit der Atemnot. Schließlich steige ich aus dem Bett, nehme mein Fernglas und suche Ludwig. Vergeblich. Die Riesen aus Stein sind davor.

Das zweite Weihnachten. Wieder kommen Gäste, die, die auch vergangenes Jahr da waren.

»Du sprichst schon Englisch?« Sie staunen. Ich nicke, sagen tue ich nichts. Dafür gibt Carmen was von sich. »David spricht nicht nur Englisch, er kann schon lesen und Geige spielen.«

Die Gäste bewundern mich. »Kluger Junge.« Ich sehe zu Boden.

»Lieber Junge.« Auch das sagen sie. Weil ich still bin, nichts erwidere.

»Aus dir wird mal was Besonderes.«

Carmen ist stolz, weil die Gäste glauben, aus mir wird was Besonderes. Lächelnd geht sie zum Christbaum, schließt ihn an die Steckdose an, schon leuchten elektrische Kerzen auf, die Gäste nehmen Platz. Essen Pute, trinken Wein, reden, finden kein Ende.

Einer der Gäste beobachtet mich, sieht meine schlechte Haut. Ein Naturarzt ist es, der Bücher schreibt.

»Seit wann hat Ihr Sohn das?«

Carmen zuckt mit den Schultern. »Schon ewig.« Dann erzählt sie, von meiner Haut und der Atemnot. Er verabredet mit ihr einen Termin, gleich nach Weihnachten soll ich zu ihm kommen. Er lächelt mir zu. »Das kriegen wir schon.«

Wir haben ihn besucht, den Naturarzt. Er hat mich untersucht. »David ist auf Diät gesetzt.« Carmen hält Robert meinen Speiseplan unter die Nase. Er nickt, abwesend, ist mit einem Artikel beschäftigt.
»Und so was wie du wollte Vater sein!« faucht Carmen.
Robert springt auf, gibt Kontra.
Schon ist der Zank in vollem Gange; Carmen und Robert schreien sich an.
»Du machst mir das Leben zur Hölle!« brüllt Robert. »Wie soll ich da bloß schreiben können!« Er geht. Die Haustür fliegt ins Schloß. Als er wiederkommt, ist er betrunken. »Schluß!« donnert er, »jetzt ist endgültig Schluß!« Wankend verschwindet er in seinem Arbeitszimmer, schließt sich ein.
Ich bekomme Angst, kratze mich, kriege keine Luft. Setze meinen Papierhut auf, suche durchs Fernglas Ludwigs Gesicht. Winke, auch wenn ich nichts als Steinriesen sehe. »Ludwig, Ludwig, wo bist du!«
Ich lausche. Umsonst. Ludwig, er schweigt. Ich wende mich ab, bin traurig.

Robert hat es ernst gemeint; das mit dem Schluß-Machen.
Carmen will ihn nicht heiraten, will kein Kind, will nur noch üben. »So kann ich nicht leben!« grollt er. Carmen versucht, ihn zu beruhigen, umgarnt ihn, was das Zeug hält. Robert verlieren, das will sie nicht. Sie ist zornig, gibt mir die Schuld.
»Wenn du nicht wärest!«
Wenn ich nicht wäre? Was dann?
Ich verkrieche mich, verstecke mich unter Ludwigs Papierhut, ziehe ihn tief ins Gesicht. Niemand sieht mich, niemand hört mich. »Ludwig«, heule ich, »Ludwig.«

Als Robinson Crusoe die Kannibalen entdeckt, als er am Strand abgenagte Menschenknochen findet, ist es soweit. Carmen packt.

»Was tust du da?« Ich linse durch den Türspalt.

»Das siehst du doch!« Sie stößt die Tür vor meiner Nase zu. Weint. Ich soll es nicht sehen. Ich sehe es doch. Carmen, sie tut mir leid.

Dann ist der Tag da. Wir fliegen nach Hause. Ich freue mich. Freue mich auf Rosalie, den Bach hinter dem Haus, auf alles. Carmen freut sich auf nichts. Stumm sitzt sie neben mir, starrt ins Leere, seufzt ab und zu. Ludwig ist nicht mehr da, und Robert, den ist sie jetzt auch los. Ob Carmen wieder trinkt? Sie trinkt nicht, dafür übt sie. Wie verrückt. Von morgens bis abends hockt sie am Klavier.

»Du geh lesen, oder schreibe, bald kommst du in die Schule.« Das sagt Carmen zu mir. Jeden Tag. Schickt mich in mein Zimmer. Da sitze ich, tue nichts. Nicht lesen, nicht schreiben. Auf Rosalie warten, das tue ich. Schiffchen will ich ihr basteln, Papierhüte falten, so wie Ludwig es einmal tat.

»Wann kommt Rosalie?« frage ich, weil sie immer noch nicht da ist.

»Rosalie kommt nicht, die bleibt bei Oma und Opa.«

Rosalie bleibt bei Oma und Opa! Wieso? Warum kommt sie nicht wieder? Ich stehe im Garten, suche Ludwigs Gesicht in den Sommerwolken. Vergeblich. Ich finde es nicht. Ludwig hat mich vergessen; zu lange war ich fort. Weg ist er, genau wie Rosalie. Ich hock mich ins Gras, kratze mich. Dann gehe ich zu Robinson.

Die Sonne scheint, ich hocke am Bach, lasse Schiffchen schwimmen. Von weitem höre ich Carmen, sie übt Klavier, wie immer. Später bekommt sie Besuch, von Fenja und Sven, sie sind zurück von einer Konzertreise. Der Bach sprudelt, er ist klar wie Glas. Ich setze ein Schiffchen auf die Wellen, Rosalies Schiffchen ist es. Gucke zu, wie es schwimmt. Nach einer Weile drücke ich meinen Finger darauf, tauche es unter, bis es endgültig sinkt. Unten liegt es, auf dem Grund des Baches, reglos zwischen den Steinen. Ludwigs Schiffchen passiert das gleiche, auch seines soll sinken im Bach.

Ich will sie nicht mehr, Ludwig und Rosalie, sie haben mich vergessen.

Carmen ruft mich. Sie steht in der Tür, in schwarzen Jeans und Pullover, obwohl es warm ist, die Sonne scheint. Ihr Haar ist lang wie früher. Wie eine Zigeunerin, so sieht sie aus. Nur ohne dunkle Augen. »David, komm essen!«
In der Küche sitzen Fenja und Sven.
»Na, du Weltenbummler.«
Carmen füllt Suppe auf, gießt Rotwein ein, setzt sich an den Tisch.
»War's schön in Amerika?« Fenja guckt mich an.
Ich bleibe stumm.
»David, keine Abenteuer?« Sie zieht die Brauen hoch. »Amerika ist voll davon.«
Ich will etwas sagen, will Fenja erklären, wie es war. Carmen kommt mir zuvor. »Weißt du«, sie schlägt die Augen zum Himmel auf, »New York ist nichts für Kinder.«
Fenja nickt. »Schrecklich, diese großen Städte.« Dann berichtet sie, von London, wo sie waren, erzählt von Musik und Konzerten. Fenja ist jetzt genau wie Carmen, hat nichts als nur Musik im Kopf.
Ich langweile mich, stehe auf, verziehe mich. Ich hasse Musik, noch mehr als früher, hasse jeden Ton.

Meine Haut ist schlimm wie lange nicht. Auch das Atmen fällt mir schwer. Carmen stöhnt, ich mache ihr Arbeit. Halte sie vom Üben ab. Zornig ist sie, ihre stahlblauen Augen blitzen.
»Rein mit dir!«
Ich starre auf das Badewasser, heiß ist es und salzig. Trotzdem, ich beiße die Zähne zusammen, will nicht jammern, ein Freund von Robinson, der tut so was nicht. Ich kletter in die Wanne.

»Da bleibst du, bis ich dich hole.« Das sagt Carmen. Dann verschwindet sie, geht üben.

Ich denke an Robinson, der vom tosenden Wasser ans Ufer seiner Insel gespült wurde. Bestimmt war es eisig, und längst nicht so salzig. Immer werde ich müde davon. Ich schließe die Augen, geh auf die Jagd, jage mit Robinson Enten.

Carmen sieht durch die Tür. »Raus mit dir.« Dann muß ich ins Bett, das umnebelt ist von Dämpfen aus Kampfer.

Ich halte die Luft an, mag das nicht riechen, von Kampfer wird mir übel. »Jetzt atme tief durch«, sagt Carmen. Ich ziehe mir die Decke über den Kopf, will nicht durchatmen, lieber will ich zum Bach. Will Robinson Crusoe ein Schiffchen falten.

»Schlaf!« befiehlt Carmen. Dann geht sie üben. Schließt die Tür hinter sich ab. Ich gleite aus dem Bett, nehme Fridolin, gehe mit ihm zum Fenster. Die Sonne scheint, es ist Sommer. Fridolin guckt mich an, aus braunen Knopfaugen, er möchte raus.

»Wir sind eingesperrt«, sage ich und schüttel den Kopf.

Dann krieche ich wieder ins Bett.

Besuch ist da. Die Musiker, mit denen Carmen Konzerte geben will. Sie sitzen im Garten, unter meinem Fenster. Trinken Wein, reden. Es ist schon spät, längst wirft der Mond sein helles Licht. Es scheint mir ins Gesicht, ich kann nicht schlafen, liege wach und horche, was die draußen reden. Sie sprechen über mich, Carmen nennt meinen Namen. Da gleite ich aus dem Bett, schleiche zum Fenster und lausche.

»Das Kind macht viel zu viel Arbeit«, sagt Carmen, »immer kommt mein Üben zu kurz.«

Ihr Üben kommt zu kurz? Carmen hockt doch den ganzen Tag am Klavier!

Die Freunde bedauern sie, suchen einen Ausweg. Einen Ausweg, den hat Carmen schon. »Am liebsten würde ich David in eine Pflegefamilie geben; wenigstens bis ich's geschafft habe.«

Ich stehe wie vom Donner gerührt. Ich soll zu fremden Leuten? Ich will nicht fort vom Bach hinter dem Haus, will nicht zu fremden Leuten. Mir schwindelt, ich habe Angst.

Schwarze Schleier umfangen mich, ich stürze ins tiefe Nichts. Da bleibe ich. Bis ich wegkomme, hin zu den Leuten, die mich aufnehmen wollen.

»Da ist auch ein kleines Mädchen«, sagt Carmen, »da bist du nicht so allein.«

Ich bleibe stumm, sage nichts, starre aus dem Fenster.

Wäre ich bloß bei Robinson, wäre ich nur nicht hier.

Als Freitag den Kannibalen entkommt, direkt in Robinson Crusoes Arme rennt, bringt Carmen mich fort. Hin zu den Leuten, zu meinem neuen Zuhause. Ein dunkles Haus ist es, darin wohnen zwei alte Schwestern. Tede und Dora, so heißen sie. Sehen fast gleich aus mit ihrem wächsernen Gesicht, das faltenlos ist, obwohl ihr Haar längst mäusegrau ist, geflochten zu einem Nackenknoten. Auch gleiche Brillen tragen sie, rund mit einem Nickelgestell. Tede und Dora sehen streng aus, wie alte Lehrerinnen, solche von früher. Obwohl sie keine sind, Tede ist Schwester, arbeitet auf der Sozialstation, bis mittags, dann kommt sie nach Hause. Ich höre, wie sie es Carmen erzählt.

»Meine Schwester versorgt das Haus, kocht und hält den Garten in Ordnung«, erklärt sie. Carmen hört zu, tut nett wie nie. Bewundert das Haus, die Arbeit der Schwestern. Nach dem Mädchen fragt sie nicht, daran denkt sie nicht. Sie gibt Tede Geld für mich, für Essen und Trinken und Geigenstunden. Obwohl ich keine Musik mehr mag, sie hasse.

Die Schwestern bedanken sich für das Geld. Es ist von Ludwig, aus seiner Sterbeversicherung. Sie begleiten Carmen durch das dunkle Treppenhaus, bringen sie runter zur Haustür. Überall riecht es, nach Bohnerwachs und Terpentin, der ganze Flur ist aus Holz.

Ich gehe nicht mit an die Tür, bleibe, wo ich bin, seufze und sehe mich in der Küche um. Alt ist sie wie alles hier. Mit hölzernem Tisch und hölzernen Stühlen, das Fenster ist ohne

Gardinen. Ich gucke raus, sehe Carmen, die strahlend davonfährt, die beiden Schwestern, die winken.

Carmen, jetzt ist sie mich endlich los.

Tede kommt zurück, zeigt mir, ihr zu folgen. Sie schiebt mich vor, durch das Dunkel des Flures in ihre Stube, von dort in meine Kammer. Unter Schrägen steht ein Bett, ein Nachtschrank, ein Spind für die Kleider. »Halte Ordnung.« Ich nikke. Dann geht es in den Garten. Alles wächst darin: Obst, Gemüse, Kräuter. Tede erklärt mir die Namen, ich höre nicht hin, suche das Mädchen, das Silvi heißt.

»Daß du uns nicht an das Obst gehst!«

Ich schüttel den Kopf. »Nein«, sage ich.

»Und bitte nicht die Beete betreten!«

Wieder sage ich »Nein«.

»Da«, meint Tede und zeigt hin zum Kirschbaum, »bis du zur Schule kommst, spielst du mit ihr.«

Mit ihr, das ist Silvi. Sie hockt im Gras, unter dem Kirschbaum, umgeben von einem Gitter aus Holz. Ich trete langsam heran. Silvi ist klein, hat braune Locken, ein blasses Gesicht und dünne Arme, weiß wie Papier sind sie, auch wenn wir Sommer haben, die Sonne scheint.

»Na«, sage ich und knie mich hin.

»Silvi ist blind, sie kann dich nicht sehen.«

Tede tritt dicht hinter mich. Ich starre das kleine Mädchen an, nicht älter ist es als drei.

»Warum ist es denn eingesperrt?«

»Damit sie uns nicht davonläuft.«

Wie soll sie weg, sie ist doch blind!

Ich wende mich ab, spüre Furcht, Furcht vor Tede, dem blinden Mädchen, Furcht vor dem düsteren Haus. Will fort zu meinem Bach. Will Ludwigs Gesicht in den Wolken suchen, vielleicht ist er wieder da und lacht?

Ich stürze davon, fliehe.

»David!« höre ich Tede rufen. »Bleib hier und spiele mit Silvi!«

Ich bleibe nicht, fliehe weiter, renne fort und verstecke mich, am Ende des Gartens im dichten Busch. Denke an Robinson Crusoe.

Nachts kann ich nicht schlafen. Die Kammer ist schwarz wie ein Mauseloch. Im Baum vor dem Haus schreit ein Uhu.
Ich kratze mich, kriege keine Luft, huste. Tede hört mich, sie kommt. »Was ist?« Sie macht Licht. In ihrem langen Nachthemd und dem grauen Zottelhaar sieht sie aus wie eine Hexenfrau. Sie tritt an mein Bett, beguckt sich meine Arme, schüttelt stumm den Kopf. Holt schweigend Verbandszeug und Salbe, verarztet mich. Ängstlich verfolge ich jede ihrer Bewegungen, bis sie fertig ist. Wieder verläßt sie das Zimmer, kehrt mit Wasser und Tropfen zurück, träufelt welche ins Glas. »Trink«, befiehlt sie, drückt mir das Glas in die Hand. Ich schlucke das bittere Zeug.
»Jetzt schlaf.« Sie zieht den Stuhl ans Bett, setzt sich, nimmt meine Hand. Ich will sie entziehen, habe Furcht vor Tede, die zahnlos ist. Sie hält sie fest. »Laß«, sagt sie, streicht mit ihrer Hand über die meine. Da werde ich ruhig, das Atmen geht leichter. Schließlich schlafe ich ein. Obwohl Tede ausschaut wie eine Hexenfrau, zahnlos, mit zottigen Haaren.

Am Morgen. Es geht mir besser.
»Geh und spiele mit Silvi«, sagt Dora. Ich habe gefrühstückt, sie räumt ab, humpelt vom Tisch zur Spüle. Ich will helfen.
»Laß das!« Sie klopft mit dem Stock auf den hölzernen Boden. »Mach, daß du zu Silvi kommst.«
Längst ist Silvi im Garten. Hockt hinter dem Gitter im Gras, spielt, an irgendwas fummelt sie rum. Was soll ich mit ihr spielen? Nichts sieht sie, nichts kann ich ihr zeigen. »Silvi«, ich knie mich hin. Nichts, keine Antwort.
»Silvi«, ich versuche es noch einmal. Wieder bleibt Silvi stumm. Ich beuge mich über das Gitter, fasse nach Silvis Arm. Erst erschrickt sie, dann schreit sie los, schon steht Dora am Fenster.

»Laß Silvi in Ruhe!« Sie droht mit dem Finger. Ich weiche zurück, starre zu Dora. Was schimpft sie, was hab ich getan? Als Dora verschwindet, renn ich ins Haus, hole die Geige für Silvi. Spiele ihr etwas vor. Silvi lacht, klatscht in die Hände und freut sich.

Abends beim Essen frage ich: »Hat Silvi keine Eltern?«

Tede schweigt, auch Dora sagt nichts. Ich gucke zu Silvi, im Kinderstuhl sitzt sie, kaut Brot, das Dora ihr in den Mund stopft.

»Kann sie nicht sprechen?« frage ich. Tede schüttelt den Kopf. »Noch nicht«, sagt sie. Wieder schaue ich Silvi an, schon drei und kann noch nicht sprechen? Trotzdem mag ich Silvi, irgendwie.

»Darf ich ihr morgen wieder was spielen?«

»Morgen – das werden wir sehen.« Dora steht auf, humpelt an ihrem Stock zum Küchenschrank, kramt meine Medizin hervor. »Hier«, sagt sie, »für die Atemnot.« Dann macht sie sich an den Abwasch. Tede bringt Silvi ins Bett, eine Kammer hat sie wie ich.

»Was ist, was stehst du rum?« Dora klopft mit dem Stock auf. Da gehe auch ich in meine Kammer, verkrieche mich im Bett, denke an Robinson Crusoe.

Früh am Morgen erwache ich. Höre Dora in der Küche und Tede. Sie frühstücken, schweigend. Reden tun sie nur das, was wichtig ist. Ich gleite aus dem Bett, freue mich, habe keine Atemnot. Auch die Haut merke ich nicht, Tedes Verband hat geholfen. Ich schlüpfe in meine Kleider, laufe in die Küche.

»Du?« Dora sieht mich über den Rand ihrer Brille an, streng, mit prüfendem Blick. »Es ist erst halb sechs, zurück ins Bett.«

»Warum?« Ich gehe zum Tisch.

»Ab ins Bett«, mehr sagt sie nicht, droht nur mit dem Stock. Ich verziehe mich, warte in meiner Kammer. Bis ich Tede und Dora höre, wie sie in den Garten verschwinden. Ernten wollen sie. Ich beobachte sie, in ihren grauen Kitteln knien sie am

Boden, buddeln Kartoffeln aus. Hoch über ihnen geht die Sonne auf, ein roter Ball, der leuchtet. Ich schleiche aus dem Haus, laufe zur Straße. Endlich bin ich frei. Kann gucken, wo ich gelandet bin, wo Tede und Dora wohnen.

Viel sehe ich nicht. Eine lange Straße, Häuser mit Gärten, Wiesen und Sträucher, sonst nichts. Unendlich weit weg unsere Stadt. Ein blauer Schatten im Dunst des Morgens. Irgendwo dort ist Carmen.

Noch zwei Tage, dann werde ich eingeschult. Ich hocke in meiner Kammer, falte Schiffchen für Silvi. Da geht die Tür auf.

»Dein Geigenlehrer.« Dora winkt mit dem Stock.

»Ich will nicht«, ich schüttel den Kopf.

»Du willst nicht, wo gibt es denn so was!«

Ich antworte nicht, falte meine Schiffchen zu Ende.

»Möchtest du Schläge?« Sie droht mir. Das wirkt. Ich erhebe mich, trotte hinter Dora in die Stube, wo der Lehrer wartet. Er ist groß, dünn wie eine Vogelscheuche, hält sein Gesicht hinter einem Bart versteckt. »Dann wollen wir mal«, sagt er und versucht, mir meinen Haß auf Musik zu nehmen.

Als Freitag Englisch gelernt hat, sich mit Robinson Crusoe unterhalten kann, ist mein erster Schultag.

»Du bist bald sieben«, meint Dora und hebt den Finger, »zeig, daß du vernünftig bist.« Sie stellt mir Milch und Honigbrot hin.

»Jetzt iß«, befiehlt sie, »der Tag wird anstrengend für dich.«

Als ich aufgegessen habe, erscheint Tede. In blauem Kleid mit weißem Kragen. Sie hat sich rausgeputzt, zur Feier des Tages. Sie ist es, die mich zur Schule bringt. »Komm«, sagt sie. Im Arm hält Tede eine Schultüte, aus rotem Glanzpapier ist sie. Wir fahren in die Schule, mit dem Bus, der über Land fährt. Tede stellt mich dem Lehrer vor, erklärt, daß ich lesen und schreiben kann. Der Lehrer staunt.

»Das kannst du schon?«

»Ja«, nickt Tede, dann geht sie mit mir zur Feier. Später kriege ich meine Schultüte, voll ist sie mit Süßigkeiten. Ich sehe an Tede hoch, alt ist sie immer noch, aber eine Hexenfrau, nein, das ist sie nicht mehr.

Silvi kann sprechen. Ich habe es ihr beigebracht. Fünf Worte, die kann sie schon. Dora freut sich, Tede erst recht. »Das hast du fein gemacht«, sagt sie und hält mir einen Groschen hin. Auch von Dora erhalte ich einen. »Bald bist du reich«, meint sie, weil ich verspreche, Silvi noch mehr Worte beizubringen.

Ich hocke am Fenster in Tedes Stube; im Ofen prasselt Feuer; es knistert und knackt, ich lausche. Draußen rauscht Regen, der Herbst ist da. Mit grauen Wolken und Sturm. Tede und Dora buddeln im Garten, trotz des Wetters, machen ihn winterfest. Wie die Maulwürfe kriechen sie auf der Erde, graben, setzen Zwiebeln für Frühlingsblumen. Zu meinen Füßen spielt Silvi, fummelt mit Knete rum. Von mir ist die, von meinem verdienten Geld.
Ich denke an Rosalie. Wo sie wohl ist?
Rosalie ist mir weit entschwunden. Kaum kenne ich sie noch, habe ihr Gesicht verloren. Nur Ludwigs, das sehe ich manchmal nachts im Traum. Dann wache ich auf, denke, Ludwig ist bei mir. Aber Ludwig ist nicht da, still ist es, nichts rührt sich. Nur ab und zu schreit der Uhu im Baum.

Alles bleibt, wie es ist. Herbst mit Regen und stürmischen Tagen, Silvi, die spielt und Wörter lernt, Tede und Dora im Garten. Noch immer sehen sie aus wie Hexenfrauen. Das aber sind sie längst nicht mehr. Bei ihnen bin ich gesund. Kein Kratzen, keine Atemnot. Und außerdem höre ich gern Musik. Trotzdem möchte ich fort, möchte zu Robinson Crusoe.

Mein siebter Geburtstag. Ich begucke mir die Nebelwand. Nichts kann ich sehen, grau ist sie und undurchsichtig; die Welt bleibt meinen Augen verborgen. In der Küche höre ich

Dora und Tede, sie ist nicht zur Sozialstation, ist daheimgeblieben, weil ich Geburtstag habe.

»David!« Sie ruft mich.

Auf dem Küchentisch brennt eine Kerze. »Dein Lebenslicht.« Sie reicht mir ein Päckchen. Mütze und Schal sind drinnen, rot, selbstgestrickt. Auch von Dora bekomme ich Selbstgestricktes, einen Pullover. Blau ist er, mit grünen Streifen. Von Carmen liegt ein dickes Kuvert da. Ein Buch mit einem Foto drinnen. Es zeigt sie, wie sie am Flügel sitzt, in einem schwarzen Kleid. Auf der Rückseite klebt ein Zeitungsausschnitt, über Carmen und das Konzert, wo sie am Flügel sitzt. »Lies mal.« Dora guckt neugierig.

»Nein«, sage ich. Dann gehe ich zur Schule. Carmen, sie kann mir gestohlen bleiben, was gehen mich ihre Konzerte an!

»Heute gibt's Kakao und Kuchen!« ruft Tede mir nach. Sie steht in der Tür, winkt.

»Ja!« Ich winke zurück, verschwinde in der Nebelwand, niemand kann mich mehr sehen.

Bald ist Weihnachtszeit. Jetzt brauchen Tede und Dora nicht länger im Garten rumkriechen, er ist winterfest. Die Tage sind kurz, früh beginnt es zu dämmern. Tede und Dora, nun haben sie Zeit. Wir sitzen in der Stube, lesen gemeinsam in dem Buch, das Carmen geschickt hat. Über Mozart ist es. Danach spielen wir, Mühle oder Halma, Tedes Lieblingsspiel. Auch mit Silvi beschäftigen sie sich, erzählen ihr was, lesen ihr vor. Trotzdem, von mir lernt Silvi am meisten. Neue Wörter und Lieder kann sie. Sind wir zusammen, spielen wir Robinson Crusoe. Silvi, die ist dann Freitag.

»Du mußt noch viel lernen«, sage ich. Silvi klatscht in die Hände, lacht und freut sich. Auch ich freue mich; ich mag Silvi. Auch wenn sie blind ist, nicht sehen kann. Ich spüre, ich habe Silvi lieb. Übe ich Geige, gehe ich zu ihr, gern hört sie Geigenspiel. Jeden Tag tue ich es, bei Silvi üben.

»Du wirst mal berühmt«, sagt der Lehrer.

Berühmt, das will ich nicht werden. Habe genug bei Carmen

gesehen. Bücher will ich schreiben, später, wenn ich erwachsen bin. Ich habe Tede davon erzählt, habe es ihr verraten. »Oh«, hat sie gestaunt.

Der Winter ist da; ganz plötzlich ist er gekommen. Die Nächte sind klar und eisigkalt. Der Frost übersät mein Fenster mit Eisblumen, meine Kammer ist eine Insel, nichts sehe ich mehr von der Welt.

Tede hält mir einen Brief unter die Nase: »Von deiner Mutter.« Ich sehe Tede fragend an. Sie reicht mir das Kuvert. Geld ist drinnen, für Weihnachten. Den Brief dazu, den lese ich nicht, gebe ihn zurück an Tede.

»Willst du ihn nicht behalten?«

»Nein«, ich schüttel den Kopf.

Später gehen wir zur Busstation, wollen in die Stadt. Tede will Geschenke kaufen, auch ich soll mir was aussuchen, von Carmens Geld. Es schneit, dicke Flocken fallen vom Himmel, setzen sich auf meine Mütze, auf Tedes Kopftuch und Mantel. Wie Schneemänner sehen wir aus. Die Stadt ist voller Lichter. Die Leute drängeln, drücken ihre Nasen an den Schaufenstern platt. Auch ich gucke, überlege, was ich mir kaufen soll. Tede ist geduldig, stumm sieht sie zu, wie ich gucke, nach etwas suche. Endlich habe ich mich entschieden, für eine Astronautenstation; eine Sterntafel ist auch dabei.

»Da hast du klug gewählt.« Der Verkäufer packt mein Geschenk ein. Wieder wartet Tede geduldig. Ich verlasse sie, laufe hinaus in den Schnee. Schon dämmert es. Da sehe ich plötzlich Carmen, im Strom der vielen Menschen geht sie. Am Arm eines fremden Mannes. Redet und lacht ihm zu. Carmen ist geschminkt, wie zu Roberts Zeiten. Wieder lacht sie, legt den Kopf zurück. Da küßt sie der fremde Mann.

Ich wende mich ab, mag das nicht sehen. Wieso hat Carmen Zeit für den Mann? Wieso hockt sie nicht am Klavier?

Tede kommt, drückt mir mein Geschenk in die Hand, die bunt verpackte Astronautenstation.

Ich schüttel den Kopf. »Will sie nicht.«

»Du willst sie nicht?«

»Nicht mehr.« Ich fasse Tede bei der Hand, ziehe sie mit mir fort. Carmen, sie soll mich nicht sehen.

Als Robinson seine Insel verläßt, zusammen mit Freitag einen Dreimaster besteigt und nach London schifft, ist Weihnachten.

Ich stehe am Fenster, starre hinaus in den Schnee, denke an Robinson Crusoe. Bin traurig, jetzt habe ich ihn verloren. Für immer. Weil, Robinson ist in London, ist unter vielen Menschen, genau wie gewöhnliche Leute. Ihn und die Insel gibt es nicht mehr. Ich nehme mein Strichheft, schreibe seinen Namen hinein, gleich unter Ludwigs setze ich ihn; male ein rotes Kästchen drumrum. Wenigstens hier entkommt er mir nicht, im Kästchen ist er gefangen.

»David!« Tede ruft mich, wir wollen zur Kirche. Ohne Dora, im Schnee humpeln, das ist nichts für sie.

Wir stiefeln durch den Winter, Tede und ich, hin zur Kirche. Ich denke dabei an Carmen. Bestimmt ist der fremde Mann bei ihr. Wieso stört der nicht, wieso nur ich?

Wieso hat Carmen Zeit für ihn? Wieso gibt sie mich weg?

Dann denke ich nicht mehr an Carmen. Fort ist sie, entschwunden im Dämmer des Winters.

Nach der Kirche feiern wir. Mit Besuch. Der Pfarrer ist auch dabei. Er lebt allein, weiß nicht wohin. Das reicht, um ihn einzuladen, schon Jahre kommt er zum Fest. Dora hat einen Hasen gebraten, den hat sie von einem Nachbarn. Selbst abgezogen und eingelegt hat sie das Fleisch.

»Vorzüglich«, lobt Jacobi, so heißt der Pfarrer. Dora freut sich, ihre wächsernen Wangen zeigen rote Flecken.

Nach dem Essen gibt es Bescherung. In Tedes Stube, da steht auch der Weihnachtsbaum. Dora zündet die Kerzen an. Wir singen ein Lied. Auch der Pfarrer brummt mit. Dann packen wir aus, jeder das, was er bekommen hat.

Als die Kerzen runtergebrannt sind, müssen Silvi und ich zu

Bett. Auch Jacobi verabschiedet sich. »Nach Neujahr beginnt der Kreislauf von vorn.« Damit geht er, bleibt fort bis zur Neujahrsnacht, da ist er noch einmal eingeladen.

Tede kommt, guckt, ob ich im Bett liege. Stellt mir eine Kerze ins Fenster. »Das heilige Licht in der Dunkelheit«, sagt sie. Was sie damit meint, weiß ich nicht. Aber froh bin ich; heute ist meine Kammer nicht so schwarz wie ein Mauseloch. Jetzt leuchtet mir Tedes Kerze.

Neujahrsabend

Die letzte Nacht, bevor der Kreislauf des Jahres wieder beginnt, wie Jacobi sagt. Erneut sitzt er bei uns. Alles ist wie an Weihnachten, wir essen Braten, erzählen uns was. Danach leuchtet der Weihnachtsbaum, wir hocken am Tisch und spielen. Mensch ärgere dich nicht, das spielen wir. Wer gewinnt, bekommt eine Tüte Wunderkerzen, die kann er um Mitternacht anzünden.

Als die Uhr auf den Jahreswechsel rückt, holt Tede Sekt.

»Gleich ist es soweit«, sagt sie und stellt das Radio an. Lautes Glockengeläut erfüllt unsere Stube. Wir stoßen an, auf das Neue Jahr, dann steigen wir auf den Dachboden. Überall blitzt und leuchtet es, rote und blaue Raketen. Sie jagen in den Himmel, dorthin, wo Ludwig ist. Irgendwo.

Irgendwo ist auch unser Haus, ist mein Bach, sind die Schiffchen auf seinem Grund. Irgendwo ist auch Carmen, ist bei dem fremden Mann.

Ich spüre Tedes Hand auf meiner Schulter, warm ist sie und weich. Ich mag Tede, auch wenn sie alt ist. Zu Carmen will ich nicht mehr, hier will ich bleiben, bei Silvi und Dora, bei Tede, im alten Haus.

Ich bin Robinson Crusoe, Silvi ist Freitag, das alte Haus meine Insel. Das denke ich, später, als ich im Bett liege. Dann schlafe ich ein.

Seitdem sind vier Jahre vergangen.

Silvi kann jetzt richtig sprechen, kann singen und Lieder spielen, auf ihrem Glockenspiel, zu ihrem siebten Geburtstag hat sie es bekommen. Die Lieder habe ich Silvi beigebracht.

»Das hast du fein gemacht.« Tede lobt mich. Wir sitzen in der Küche, ohne Dora, krank ist die, hat starke Schmerzen, schon seit langem.

Ich gucke Tede an. »Ja?« Ich freue mich, weil sie mich lobt. Sie erwidert meinen Blick, schweigend. Tede sieht anders aus als sonst.

»Bald ist deine Zeit hier zu Ende«, sagt sie plötzlich.

Meine Zeit hier zu Ende? Ich schlucke, lege die Gabel aus der Hand.

»Auch Silvis Zeit ist hier nun vorbei.« Sie senkt ihren grauen Kopf, schiebt ihren Teller Bohnen beiseite.

»Warum?« frage ich, »weshalb?«

»Sie soll in eine Blindenschule.«

Auch ich schiebe meinen Teller beiseite.

»Und, was wird mit mir?«

Ich wage Tede nicht anzusehen, ahne irgendwie Dunkles.

»Du kommst jetzt wieder nach Hause.«

»Ich nach Hause, das will ich nicht.«

Tede seufzt, hebt den Kopf. »Dora muß operiert werden, David, und außerdem sind wir beide zu alt...«

Ich starre ins Leere, schweige.

»Rosalie wird wieder bei dir sein, sie wohnt im Haus hinter dem Deich, zusammen mit deinen Eltern.«

»Mit meinen Eltern?«

»Deine Mutter hat einen neuen Mann.«

Mein Hals wird eng, er schnürt sich mir zu; am liebsten würde ich heulen. Ich springe auf, stürze davon, haste in meine Kammer.

Ich will nicht nach Hause, ich will bleiben!

Ich werfe mich aufs Bett, schließe die Augen: das alte Haus, meine Insel fort? Auch Tede und Dora und Silvi!

Ich liege und grübel. Stunden. Dann weiß ich es: Ich bin Robinson Crusoe, ich brauche keinen..., nicht einmal Freitag..., nein, nicht einmal den...

Das denke ich; dann stürze ich in das eisige Meer, dem Robinson einstmals entkam.

Da bleibe ich, bis meine Zeit bei Tede und Dora zu Ende ist. Ich zurück zu Carmen muß, ins einsame Haus hinter dem Deich...

Ich bin im Haus hinter dem Deich.

Sie haben mich abgeholt, vom Bahnhof; alle drei, Carmen, Tano und Rosalie.

»Ich hoffe, daß du dich einlebst bei uns.«

Carmen versucht, freundlich zu sein. Begeistert, daß ich da bin, das ist sie nicht. Auch Tano nicht. Er steht im Dunkel des Flures, mustert mich von der Seite her. Sein Blick ist lauernd, wie der eines Panthers. Ich spüre, er mag mich nicht, lehnt mich ab.

Ich sehe Rosalie an. Stumm erwidert sie meinen Blick. Ihre blauen Augen sind groß, sind fragend. Längst hat sie mich vergessen. Daß ich ihr Bruder bin, davon weiß sie nichts mehr. Rosalie ist schön. Wie ein Schneewittchen schaut sie aus. Fast schwarz ist ihr Haar; fällt ihr lang über die Schultern, wie bei Carmen. Neun Jahre ist Rosalie jetzt.

Sie zeigt mir das Haus, grau ist es, mit einem Dach aus Reet. Einsam liegt es hinter dem Deich, umgeben von alten Bäumen. Windschief stehen sie da, mit dem Buckel zur Nordsee. Ich schlafe oben, gleich neben Tanos Arbeitsraum. Er ist Künstler, malt Bilder. In sein Atelier darf niemand, nur wenn er dabei ist.

»Warum nicht?« frage ich Rosalie. Wortlos zuckt sie die Schultern, senkt den Blick. Antwort gibt sie keine.

Rosalie ist scheu, ist schüchtern wie nichts. Anders als Silvi, die in die Hände klatschte, sich freute, wenn ich bei ihr war. Hier freut sich keiner, das merke ich.

Carmen hat sich nicht verändert. Ist geschminkt, ist schön und stolz. Stolzer noch als früher. Sie hat es geschafft, ist bekannt. Oft gibt sie Konzerte.

Tano umstreicht sie, lauert wie ein Panther; auf einen Blick, auf einen Kuß von Carmen. Ich kenne Tano, erinnere mich an ihn. Er war es, der Carmen geküßt hat, im Schneegestöber vor Weihnachten. Sein Gesicht ist bleich, mit bläulichen Stoppeln; sein Haar fällt ihm wirr in die Stirn.

Carmen mag nicht, wenn Tano sie umschleicht. Sie schickt ihn weg.
»Laß mich, ich muß üben«, sagt sie, »geh du in dein Atelier.« Er tut, was sie sagt. Verzieht sich, malt und hört Musik. Immer dasselbe hört er. »Toteninsel« heißt das Stück, ist von Rachmaninoff, einem berühmten Russen.

Rosalie wohnt unten, zwischen der Küche und Carmens Zimmer. Rosalies Fenster führt hin zum Garten. »Da kann ich Nathan sehen.« Das ist ihr Pony. Schwarz ist es wie Ebenholz.
»Von wem hast du es?« Ich staune.
»Von Tano«, erwidert sie kurz. Rosalie hängt an ihm, das spüre ich. Bestimmt, weil Carmen sich kaum um sie kümmert, viel übt und auf Konzertreisen geht.
Bald merke ich, Carmen und Tano streiten sich. Meistens nachts. Dann liege ich wach und lausche. Es geht darum, daß Carmen berühmt ist, Tano hingegen kein Bild verkauft. Die Leute mögen seine Sachen nicht, verstehen sie nicht. Carmen ärgert das. Sie möchte, daß Tano bekannt ist wie sie. Sagen tut sie es nicht, trotzdem, ihren Mißmut verbergen, das kann sie nicht.
Sie schreien sich an, verfluchen sich. Tano ist eifersüchtig, auf Carmens Klavierspiel. »Du hast nur die verdammte Musik im Kopf!« Voller Wut ist er; genau wie Carmen, nichts läßt sie sich gefallen. Später versöhnen sie sich, auch das kriege ich mit. In der Küche knallt ein Korken, von der Flasche Sekt, die Tano geöffnet hat. Damit verschwindet er, folgt Carmen ins Schlafzimmer.
Ich finde keine Ruhe, hasse Streit. Gehe ans Fenster, blicke auf das Meer. Schwarz ist es wie die Nacht. Nur der Leucht-

turm erhellt das Dunkel. Sein Licht kreist, trifft auch mich. Kommt und geht, bis der Morgen dämmert.

Ich denke an Dora und Tede. Im Geiste sehe ich sie, wie sie im Garten knien, in der Erde rumwühlen; emsig wie die Maulwürfe. Hier gibt es so etwas nicht. Niemanden, der in der Erde rumwühlt. Nur Rosalie, die mich stumm anguckt; Tano, der meistens malt und Musik hört; Carmen, die übt und auf Reisen geht.
Ist sie fort, trinkt Tano. Manchmal draußen, manchmal drinnen. Je nach dem, was für Wetter ist. Mich verfolgt er, mit lauerndem Blick. Jeden Schritt, den ich tue. Vor allem, wenn es um Rosalie geht. Ich möchte mit ihr spielen, möchte, daß sie mich mag. Will ihr Schiffchen und Papierhüte falten, schließlich bin ich ihr Bruder.
Tano jagt mich weg, nichts erlaubt er.
»Laß sie, du bist ihr fremd!«
Dann verzieht er sich, nicht ohne Rosalie. Malen will er sie. Ich höre, wie er Musik anstellt. Wieder die schreckliche »Toteninsel«. Ich hasse das Stück, kann es nicht ab, laut ist es und unheimlich.
Ich verkrieche mich in meinem Zimmer. Bleibe allein, lese. Was ich kriegen kann. Später will ich mal schreiben. Viele Bücher, das weiß ich schon jetzt.

Wieder wird meine Haut unrein. Auch Atemnot bekomme ich. Meistens nachts, wenn ich wach bin, mich wälze und nicht schlafen kann. Noch habe ich Tropfen und Salbe von Tede. Beides hilft. Ich bin froh, so merkt Carmen nichts davon.
Ist sie auf Reisen, kommandiert mich Tano. Sobald ich aus der Schule bin. Alles muß ich für ihn tun; als wär ich sein Sklave. Ich bin nicht Tanos Sklave. Tue nicht, was er verlangt. Schweige, gehe meiner Wege. Tano ist wütend, sein Blick gefährlich, immerzu verfolgt er mich, lauert, was ich tue.
Kehrt Carmen zurück, beschwert er sich. Die tollsten Lügen verbreitet er.

»David ist falsch und schwer erziehbar.«

Sie hocken beisammen, Carmen und er. Trinken Wein und reden. Carmen ist gut gelaunt. Wie immer, wenn sie nach Hause kommt, weil Tano ihr dann Geschenke macht. Mal Blumen, mal dies, mal das. Mit leeren Händen steht er nie da.

»Wieso ist er schwer erziehbar?« fragt Carmen.

Da legt Tano los. Frech sei ich und unausstehlich, aggressiv und faul. Wie anders sei da Rosalie...

Ich horche, stehe unter dem Fenster. Beide denken, ich schliefe schon längst, spät ist es, fast Mitternacht. Ich fühle Haß gegen Tano.

Wieso schwärzt er mich bei Carmen an, sagt Dinge, die nicht stimmen? Lügt das Blaue vom Himmel!

Carmen unterbricht ihn. Es langweilt sie. »Laß mich bloß mit dem Jungen.« Ich interessiere sie nicht. Sie und Tano stoßen an, lachen, dann ist es still. Kein Laut tönt mehr zu mir.

Ich schleiche davon, krieche ins Bett, überall juckt es, ich kratze mich.

Warum hat Carmen mich hergeholt? Warum lehnt Tano mich ab und lügt? Nichts verstehe ich, nichts!

Nur, daß niemand mich mag hier im Haus. Ich wünschte, ich wäre weit fort.

Mein Weg in die Schule ist weit. Acht Kilometer bis Segebüll, das ist die nächste Stadt. Auch die Schule ist dort. Lehrer und Schüler bleiben mir fern. Für sie bin ich fremd. Genau wie Carmen, Tano und Rosalie. Zugereiste nennen sie uns. Die, die hier wohnen, halten zusammen. Fremde Leute, die lehnen sie ab. Meiden sie, wo sie können.

Nicht mal Rosalie mögen sie. Obwohl sie erst neun ist und schön wie Schneewittchen.

Carmen, die stört das nicht. Weil, die ist meistens fort. Auch Tano kümmert es wenig. Mit den Leuten hat er nicht viel zu tun. Nur freitags, da geht er zum Skat. Hockt in der »Seeschwalbe«, gibt einen aus. Deshalb wird er geduldet. Ist er fort, reden sie, quatschen und machen sich lustig. Jedenfalls sagt Silke das, die Tochter des Gastwirts. Sie geht in meine Klasse.

»Dein Vater ist ein totaler Spinner.« Das sagt sie.

Mein Vater? Tano, der ist nicht mein Vater!

Trotzdem sage ich nichts, winke ab. Was interessiert mich Silkes Gerede!

Ich bin Robinson Crusoe. Ich brauche niemanden. Nicht einmal Freitag. Nein – nicht einmal den.

Ich möchte zu Rosalie, möchte ihr was vorlesen. Oder was auf der Geige spielen, noch nie hat sie mich gehört.

Tano drängt sich dazwischen. »Verschwinde, sie hat keine Zeit!« faucht er.

Ich sehe Rosalie, meine Schwester, an. Ihre Augen hängen wie immer an Tano. Sie nickt. »Keine Zeit«, flüstert sie.

Dann geht sie. Zusammen mit Tano in sein Atelier. Malt er an ihrem Bild? Ein großes Portrait soll es werden.

Ich hasse Tano wie nichts. Immer drängt er sich zwischen uns, immer jagt er mich fort.

Wieder ertönt Musik, wieder die schreckliche »Toteninsel«, laut dröhnt sie durch das Haus.

Ich halte mir die Ohren zu. Blicke hinaus zum Deich. Befleckt ist er mit Schafen.

Bald beginnt der Novembernebel. Dann werde ich zwölf, fange ein Tagebuch an. Genau wie die großen Dichter. Will lernen, wie man schreibt.

Noch immer dröhnt die Musik durch das Haus.

Wenn ich nur wüßte, wohin.

Meine Atemnot wird schlimmer. Weil, jetzt ist Tedes Medizin zu Ende. Nichts habe ich, was hilft. So merkt es Carmen.

»Du kriegst Geigenunterricht«, beschließt sie, »das lenkt ab.« Sie hört sich um. Sucht jemanden, der mir Unterricht erteilt. Schließlich hat sie Erfolg. Der Pfarrer von Segebüll, der gibt Stunden.

Carmen macht ein Gesicht. »Ausgerechnet ein Pastor.«

Von Kirche hält sie nicht viel. Auch Tano nicht, damit haben sie nichts im Sinn. Trotzdem, Carmen beißt in den sauren Apfel. Meldet mich beim Pfarrer an.

Wir fahren nach Segebüll. Zum Haus, wo der Pastor wohnt. Jan Simon heißt er und ist noch jung. Er öffnet uns die Tür, lächelnd winkt er uns herein. Ich mag ihn gleich, den Pfarrer. Ein Jesustyp ist er, in schwarzen Jeans und rotem Pullover. Sein glattes Haar fällt bis auf die Schultern; die dunklen Augen mustern mich. Carmen erklärt, wer ich bin, daß ich Geige spielen will.

»Aha«, der Pastor zieht die Brauen hoch. Staunt, niemand sonst hier spielt Geige. Seine Augen wandern von mir zu Carmen. Er kennt sie nicht; keinen von uns kennt er.

»Sie sind erst neu hier?«

Carmen weicht seinem Blick aus. »Wir sind katholisch.«

Wir katholisch? Seit wann denn das? Nicht einmal getauft bin ich!

Der Pfarrer nickt, er versteht. Carmen drängt zum Gehen.

»Ich höre, Sie geben Konzerte?« Der Pastor hält sie mit Worten zurück.

»So ist es.« Mehr sagt Carmen nicht. Geht zur Tür, reicht dem Pfarrer die Hand. Bedankt sich, weil ich Unterricht bekomme. Vor allem, weil wir katholisch sind. Der Pastor hingegen gehört zu Luther.

»Vor Gott sind wir alle gleich.« Er merkt nicht, daß Carmen lügt.

»Ja«, sagt sie, »da haben Sie recht.«

Dann gehen wir. »Bis Mittwoch!« ruft der Pfarrer mir nach. Ich nicke, winke und freue mich. Den Pfarrer kann ich gut leiden.

Leute haben sich angesagt. Kunstinteressierte. Wollen sich Tanos Bilder ansehen. Carmen verschwindet, fährt nach Segebüll einkaufen. Bei so was dabeisein, das mag sie nicht. Kauft keiner ein Bild, ist es ihr peinlich. Lieber wünscht sie Tano Glück und braust davon. Tano hat kein Glück. Nichts verkauft er. Die Leute stehen vor seinen Bildern und gucken. Das ist alles. Danach gehen sie wieder.

Manche schütteln den Kopf. Steigen in den Kleinbus, fahren davon. Auch Tano fährt davon, jagt fort in seinem Auto. Er ist sauer; fürchtet Carmens Spott. Erst spät am Abend kommt er heim. Er hat getrunken, ist laut, knallt die Tür ins Schloß. Schimpft auf die blöden Leute.

Ich ziehe mir die Decke über den Kopf, will nichts von alledem hören. Ich kriege es trotzdem mit. Den Zank, den Carmen vom Zaum bricht. »Verflucht, dann male doch anders!« schreit sie.

Tano lacht, kalt und höhnisch. »Ich und meine Seele verkaufen? Lieber tot als das!« Zum ersten Mal schwingt Haß in der Stimme, Haß, den er nicht verbergen kann.

Diesmal höre ich keinen Knall, diesmal gibt's keine Versöhnung.

Am nächsten Morgen ist Carmen fort. Ihr Auto fehlt, ich sehe es. Der Platz vor dem Haus ist leer.

Ich schlüpfe in meine Kleider. Noch ist alles still, Tano schläft seinen Rausch aus. Ich schleiche in die Küche, streiche mir ein Brot. Da erscheint Rosalie; im Nachthemd. Verschlafen reibt sie sich die Augen. Dann mustert sie mich.

»Stimmt es?« fragt sie und setzt sich, »bist du wirklich mein Bruder?«

Ich schlucke, starre sie an. »Wie kommst du denn darauf, glaubst du mir nicht?«

Rosalie schüttelt den Kopf. »Die haben nie von dir gesprochen.«

»Hat Carmen dir nichts von Ludwig erzählt?«

»Ludwig, wer ist das, den kenne ich nicht...?«

»Ludwig, das war dein Vater...«

Rosalie runzelt die Stirn. »Mein Vater ist Tano, sonst keiner!«

»Tano, nein. Wer sagt dir das?«

Rosalie schweigt, gibt keine Antwort, spielt mit ihrem Kettchen aus Gold; ich ahne, von wem sie es hat.

»Von Tano?« Rosalie nickt.

»Wie lange bist du schon hier?« frage ich. Rosalie zuckt mit den Schultern. »Ich glaube, jetzt sind es drei Jahre.«

Ich trete ans Fenster, schaue zum Himmel, strahlend blau mit weißen Möwen.

»Wollen wir runter ans Wasser?«

Rosalie senkt den Kopf. »Tano wollte mich weitermalen...«

»Dann gehen wir eben später?«

»Später will er mir Zaumzeug kaufen, weißes, hat er versprochen.«

Plötzlich steht Tano in der Tür. Mit wirrem Haar, verkatert ist er. Seine Augen sind gerötet. Schweigend geht er zum Herd, setzt Wasser für Kaffee auf. Schluckt Tabletten, dann setzt er sich. Seine Augen umklammern Rosalie. »Hast du's auch nicht vergessen?«

Rosalie schüttelt den Kopf.

Tano wirft mir ein Geldstück hin. Es ist ein Fünfmarkstück.

»Für dich.«

»Für mich?« Ich traue ihm nicht, wieso schenkt er mir plötzlich Geld?

»Ich brauche Würmer zum Angeln...«

Ich glaube Tano nicht.

»Na los«, drängt er, »nun lauf schon.« Dann wendet er sich Rosalie zu. »Also komm, laß uns gehen.«

Stumm erhebt sie sich, stumm geht sie mit Tano.

Auch ich stehe auf, trotte zum Stall, wo die Forke steht, nehme sie, grabe nach Würmern.

Schließlich hab ich genug. Schnappe den Eimer und schlepp ihn zum Haus. »Ich habe die Würmer!« schreie ich. Schon steht Tano am Fenster. »Ist der Eimer voll?« brüllt er.

Ich schüttel den Kopf. »Nein!«

»Ich brauche mehr, das reicht nicht!« Schon ist Tano verschwunden.

Wieder nehme ich die Forke, wieder grabe ich nach Würmern. Wieso bloß will Tano angeln?

Endlich ist der Eimer voll. Die dicken Würmer winden sich,

schlängeln sich wie Aale. Ich ekel mich, trage die Dinger zum Haus.

Rufe wieder nach Tano.

Er ist nicht da. Auch Rosalie nicht. Das Haus ist leer. Fort sind sie in die Stadt.

Mittags erscheint Carmen. Gerade, als Tano und Rosalie kommen, mit weißem Zaumzeug unter dem Arm.

Ich beobachte sie; von meinem Fenster aus. Carmen ist nicht mehr sauer. Sie lächelt, ruft Tano was zu. Der Streit von nachts ist vergessen. Sie umarmen sich, Tano und Carmen, küssen sich, so als wenn nie was gewesen wäre. Rosalie schaut an den beiden hoch, dann verschwindet sie, läuft zum Schuppen zu Nathan.

Ich trotte zum Tisch, lausche. Weiß, daß gleich ein Sektkorken knallt. Schon höre ich unten Carmen und Tano; sie reden und lachen. Danach ist es still.

Da lausche ich nicht mehr.

Ich bin auf dem Weg zur Geigenstunde, fahre durch die Wiesen. Verhangen sind sie mit dichtem Nebel. Nicht lange, dann habe ich Geburtstag, werde endlich zwölf. Einen Drachen habe ich mir gewünscht, einen, der zu lenken ist. Ob Carmen mir den schenkt?

Ich trete in die Pedale, will nicht zu spät kommen. Der Pfarrer soll nicht warten, ich mag ihn, freue mich auf die Stunde.

Ich spiele ihm was vor. Wieder sind wir im Arbeitszimmer. Er sitzt auf dem Schreibtisch, hört zu. Lächelt und ist zufrieden; mein Spiel gefällt ihm. Wir gehen ein paar Stücke durch, sind erst fertig, als der Abend kommt. Der Pfarrer geht zur Tür.

»Ich hoffe, wir werden Freunde, David?« Erwartungsvoll sieht er mich an. Ich klemme meinen Geigenkasten unter den Arm, nicke, meide seinen Blick.

Freunde, die verliert man bloß – ich will keinen verlieren!

Wortlos gehe ich, verschwinde im Nebel.

Wochenende. Ich bin froh, brauche nicht in die Schule. Habe Zeit zum Geige-Üben, so viel und so lange ich will. Vom Fenster aus sehe ich Tano. Wieder spüre ich Haß. Mag nicht sein bleiches Gesicht, sein wirres Haar, seinen bläulichen Bart. Hasse, daß er lügt.

Ich wende mich ab, beginne zu üben.

Da plötzlich erscheint Rosalie, mit großen Augen. Staunt, hockt sich auf das Bett. Noch nie hat sie mich geigen gehört. Sie legt den Kopf schief, hört zu. Eine Weile, da fliegt die Tür auf. Carmen steht da, zornig starrt sie mich an.

»David, laß das, du störst mich beim Üben!«

Ich lasse die Geige, senke den Kopf. Ich wußte gleich, es geht nicht gut, hier zählt nur Carmens Klavier. Sie zeigt auf meine Geige.

»Übe dann, wenn ich fort bin!«

Nichts als lästig bin ich Carmen. Geigenstunden und nicht mal üben!

Ich weiche ihrem Blick aus. Hasse Carmen, hasse Musik. Verschließe meine Geige im Kasten. Dann stürze ich aus dem Haus.

Wenn ich nur wüßte, wohin.

Üben, wenn Carmen nicht da ist? Auch Tano haßt mein Geigenspiel.

»Laß das dumme Gefiedel«, grollt er.

Also übe ich nicht. Obwohl Carmen fort ist. Auch in die Schule gehe ich nicht, ich schwänze; treibe mich unten am Wasser rum.

Carmen kommt erst abends zurück, ich trödel zu unserem Haus, noch ist nicht einmal Mittag. Tanos Fenster steht offen, das Fenster zum Atelier. Ich schaue hinauf; plötzlich höre ich Weinen.

Ich halte den Atem an, lausche. Erkenne, es ist Rosalie.

Rosalie weint? Warum?

»Rosalie!« rufe ich laut. Nichts tut sich, ich rufe noch einmal. Da ist es auf einmal still. Ich gehe ins Haus, suche nach Rosalie. Langsam kommt sie die Stiege herunter; mit blassem Gesicht, zerzaustem Haar. Schweigend starrt sie mich an.

»Du hast geweint, warum?«

Sie schüttelt den Kopf, sagt nichts.

Ich seufze. »Soll ich dir Schiffchen bauen?«

»Schiffchen, nein, keine Lust.«

»Wollen wir raus zu Nathan?« Schon fasse ich sie bei der Hand.

»Nein, ich will nicht!« Sie reißt sich los, rennt davon in ihr Zimmer. Oben höre ich Tano.

»Ich denke, du bist in der Schule!« Rot vor Wut, so blickt er mich an, fährt sich durch das wirre Haar. Dann dreht er sich um, verschwindet in seinem Atelier; spielt Musik, die »Toteninsel«.

Tano, wie ich den hasse!

In der Nacht wache ich auf. Es stürmt, Regen peitscht an mein Fenster. Trotzdem höre ich ihn, den Streit von Carmen und Tano.

Ich gleite aus dem Bett, schleiche zur Tür. Horche, was unten passiert. Wieder geht's um Erfolg. Erfolg, den Tano nicht aufweisen kann.

Daß Carmen hingegen Konzerte gibt, oft fort ist, immer nur übt.

»Wo bleibe ich, verdammt noch mal!« Tano brüllt, dann knallt eine Tür, und Stille folgt; dann poltert es in der Küche.

Ich ziehe die Decke über die Ohren. Warum hat Carmen mich hergeholt? Weg will ich, bloß hier nicht bleiben. Nur weiß ich nicht, wohin.

Tano stolpert die Stiege hoch, flucht und wankt in sein Atelier. Trinkt und redet mit sich. Lange, dann fällt er in Schlaf.

Am nächsten Tag bin ich krank, kriege keine Luft. Carmen bereitet mir Kampfer zum Inhalieren.

»Ins Bett mit dir!« Sie ist zornig, vom Streit in der Nacht; schnappt sich Rosalie. »Ich bringe dich in die Schule!«

Ich schaue ihnen nach, wie sie davonbrausen. Dann ziehe ich mich an. Bei Tano bleiben? Nie!

Lieber trampe ich nach Segebüll, kaufe ein Kettchen für Rosalie.

Was Tano kann, das kann ich auch.

Tano, wie ich den hasse.

Mittags kommt Carmen heim; zusammen mit Rosalie. Tut, als sei nichts gewesen. Geht ans Klavier, übt, wie immer. Mich hat sie längst vergessen. Auch Tano denkt nicht an mich. Er verzieht sich, mit Rosalie geht er in sein Atelier.

»Ich male an Rosalies Bild!« Das ruft er Carmen zu. Wie immer hört er Musik dabei; schon wieder die schreckliche »Toteninsel«.

Ich mache mich heimlich davon, trotte am Ufer des Meeres entlang. Erst als es dämmert, kehr ich zurück. Von weitem erkenne ich Rosalie. Sie hockt auf dem Deich, starrt auf das Wasser. Ich laufe, setze mich zu ihr.

»Warum hast du neulich geweint?«

Ich habe es nicht vergessen.

Sie senkt den Kopf, schweigt.

»Rosalie, sag doch, was war?«

Keine Antwort. Nichts.

Statt dessen will sie ins Haus.

»Warte mal, ich hab was für dich.« Ich halte ihr das Kettchen entgegen, bunte Perlen aus Glas. Sie nimmt es, besieht es sich. Stumm steckt sie es ein, dann läuft sie ins Haus.

Ich habe Geburtstag, werde zwölf. Die Schule fällt aus, und zur Geigenstunde brauche ich auch nicht. Es ist Feiertag.

Ich gleite aus dem Bett, schaue hinaus; wie Watte bauscht sich der Nebel. Ludwig kommt mir in den Sinn, sein Gesicht in den Wolken. Wie lange ist das schon her.

Jetzt bin ich zwölf, will ein Tagebuch schreiben.

Ich bin Robinson Crusoe. Ich brauche niemanden. Nicht einmal Freitag, nein, nicht einmal den.

So fange ich an.

Da unterbricht mich Rosalie, steht im Nachthemd in der Tür; mit ihrem Geschenk, das sie mir reicht. Ein Füllfederhalter ist es, ein blauer.

»Der schreibt schön«, sagt sie. Dann geht sie wieder, zieht sich an zum Frühstück.

Ich bekomme einen Drachen, den, den ich mir gewünscht habe. In Schwarz und Rot ist er und zum Lenken.

»Den jagen wir heute hoch.« Das meint Tano, lächelt dabei. Ich lächel nicht, es ist mein Drachen. Daß Tano ihn kriegt, das will ich nicht!

Mittags gehen wir essen. Kochen, dazu hat Carmen keine Zeit. Sie muß fort, am Nachmittag hat sie Proben. Auch wenn mein Geburtstag ist. Wir essen in Segebüll, in einer Pizzeria. Nagelneu ist die. Alle Wände sind mit Bildern von Italien bemalt; auch die Musik ist italienisch. Tano gefällt das, er stößt mit Carmen an.

»Zur Feier des Tages«, meint er und grinst.

Zur Feier des Tages? Ich sehe ihn an; Tano trinkt fast immer. Ob er malt oder nicht. Schon beginnt der Wein bei ihm zu wirken. Er beugt sich zu Carmen, küßt sie. Streichelt Rosalies Haar dabei. Seine Augen streifen mich, gefährlich, böse. Ich senke den Kopf, das Essen, es schmeckt mir nicht mehr. Tano haßt mich, er lehnt mich ab, schlimmer noch als Carmen.

Nachmittags hat sich der Nebel gelichtet. Die Sonne bricht durch. Da erscheint Rosalie. »Wollen wir runter ans Wasser?« Ich staune, noch nie hat sie so etwas gefragt. Wir laufen zum Meer, lassen Steine springen.

Plötzlich taucht Tano auf, über den Deich kommt er auf uns zu. Sein Gesicht ist bleich, er hat getrunken. Die Augen sind gerötet, das Haar hängt ihm wirr in die Stirn.

»Los, wir gehen zum Koog!« dröhnt er. In der Hand schwenkt er meinen Drachen. Ich stürze auf Tano zu.

»Gib mir meinen Drachen!«

Er stößt mich, ich falle.

»Ich sagte, wir gehen zum Drachenkoog!«

Ich starre in sein Gesicht. Alle lassen dort Drachen steigen, doch wir, wir sind bloß Fremde für die...

»Du kommst mit, und Rosalie auch!«

Rosalie nickt, sie ist ängstlich. Da gebe ich auf, gehe mit.

Viele sind in den Wiesen. Tano mischt sich dazwischen. Jagt meinen Drachen in die Luft, läßt ihn auf und nieder schießen; ich hasse Tano, der Drachen ist mein!

Plötzlich fegt eine Bö durch den Koog. Tano verliert die Kontrolle. Mein Drachen stürzt nieder, trifft Silke am Kopf. Sie schreit, krümmt sich. Schon ist Bauer Hansen zur Stelle.

»Sie Blödmann!« brüllt er, »passen Sie auf!«

»Was heißt hier, paß auf, das kann jedem passieren!« Tano ist wütend, er kocht.

Hansen spuckt vor ihm ins Gras. »Idiot, Sie sind ja betrunken!«

Er schnauzt rum, wartet, daß wir verschwinden. Schließlich gibt Tano auf. Fluchend packt er Rosalie, fluchend verläßt er den Koog. Ich sehe ihm nach. Trotte davon mit meinem Drachen, schwarz ist er mit Rot.

Plötzlich will ich ihn nicht mehr; werfe ihn fort.

Tano hat alles verdorben.

Nachts finde ich keinen Schlaf. Meine Haut juckt; ich kratze. Wälze mich hin und her, finde keine Ruhe.

Denke an Tano, an meinen Drachen, sehe Tano fluchend im Koog; sehe ihn fluchend verschwinden. Mit Rosalie an der Hand.

Ich raffe mich auf, steige aus dem Bett und gehe zum Fenster. Lehne mich weit hinaus. Nachtwind weht, er kühlt mein Gesicht, Regen benetzt meine Haut. Ich blicke zum Himmel, denke an Ludwig, früher hat er mir zugelacht... Wie lange ist das schon her...

Plötzlich sehe ich Licht. Ein heller Schein durchbricht das Dunkel, das Licht dringt aus Rosalies Zimmer.

Rosalie, warum schläft sie nicht? Es ist schon spät in der Nacht. Da taucht ein Schatten auf. Niemand anders als Tano ist es; unruhig bewegt er sich hin und her.

Tano, was macht er bei Rosalie? Ich starre auf seinen Schatten. Fühle Unruhe, weiß nicht warum. Denke, daß was passiert.

Unvermutet verlöscht das Licht, der helle Schein verschwindet. Alles ist schwarz wie zuvor.

Ich krieche ins Bett, stiere ins Dunkel, spüre wieder Unruhe in mir. Tano, was tut er bei Rosalie?

Lange kann ich nicht schlafen.

Am Morgen bin ich müde, bin zerschlagen, mag nicht zur Schule. Schwänzen will ich, das nehme ich mir vor. Ich ziehe mich an, mag Tano nicht sehen. Trotzdem gehe ich runter. Er hockt am Tisch und schlürft seinen Kaffee; auch Rosalie ist schon auf.

Ich schaue sie an, möchte fragen, was war. Merke Tanos drohenden Blick, bleibe ruhig, sage nichts; stumm esse ich mein Brot. Später steht Tano im Mantel da. Er streicht Rosalie über das Haar. »Komm«, sagt er. Dann bringt er sie zur Schule. Fährt davon, ohne ein Wort zu sagen.

Ich bin froh. Endlich bin ich allein im Haus, niemand ist da, den ich störe.

Ich trotte durch das Haus; von Zimmer zu Zimmer. Zuletzt bleibt nur noch das Atelier. Soll ich hinein? Ich weiß nicht. Niemand darf da allein hinein, Tano hat es verboten.

Trotzdem, ich fasse Mut. Öffne die Tür, sehe Rosalies Bild, noch lange ist es nicht fertig. Erkennen kann ich sie ohnehin nicht. Wie Tano malt, verstehe ich nicht, buntes Geschmiere, mehr nicht.

Meine Augen wandern langsam umher. Streifen Farben, Pinsel, Töpfe, Flaschen mit Schnaps und Wein...

Eine schwarze Mappe, die fesselt mich, vielleicht, weil sie gut versteckt ist.

Sie klemmt hinter dem Bord, ist kaum zu sehen.

Ich knie mich hin, zieh sie hervor, löse die ledernen Bänder. Schlage die Mappe auf.

Jäh schießt mir das Blut ins Gesicht, ich starre auf das, was ich sehe.

Skizzen sind es, von Rosalie, die meisten zeigen sie nackt.

Das also ist es, was Tano malt, damit verbringt er die Zeit…

Ich schaue mir Skizze um Skizze an, jede zeigt Rosalie anders. Mir schwindelt, ich muß mich halten.

Schon kommt mir Tanos Gesicht vor Augen, der bläuliche Bart, sein wirres Haar.

»Ich gehe und male an Rosalies Bild.« Wie oft hat er das gesagt! Zu Carmen, wenn sie stundenlang übte.

Jetzt weiß ich, es war ganz anders! Im Ohr klingt mir die »Toteninsel«, mich fröstelt, ich packe die Skizzen zusammen, ordne alles, wie es war.

Stürze in mein Zimmer.

Was – was soll jetzt werden? Wem nur, wem kann ich das sagen?

Ich werf mich aufs Bett, grübel und grübel; nichts, ich weiß keinen Rat. Liege so, bis Tano zurückkehrt, pfeifend das Schloß der Haustür aufschließt…, pfeifend im Bad verschwindet…

Wenn Tano mich findet, was dann? Hastig versperr ich die Zimmertür. Entdeckt er mich, dann Gnade mir Gott. Tano glaubt, ich sei in der Schule, glaubt sich außer Gefahr.

Ich horche, er geht in sein Atelier, schaltet Musik ein und malt. Da fliehe ich, husche davon. Treibe mich unten am Wasser rum, kehre erst mittags heim.

Ich tue, als ob nichts gewesen wäre, beobachte heimlich Tano. Hört er Musik, malt er Rosalie? Jeden Schritt verfolge ich, noch ist Carmen nicht da…

Plötzlich sehe ich Rosalie, sie rennt zum Schuppen zu Nathan. Reitet auf ihm davon. Mit wehendem Haar den Deich entlang.

Rosalie, meine Schwester.

Wieso malt Tano sie ohne was an?

Wieso läßt sie so etwas zu?

Ich bin bedrückt, fühle mich schwer, ahne, daß bald was passiert...

Freitag

Der Morgen ist dunkel, fast schwarz; den Tag vergessen?
Nie!

Es stürmt, ich bin in der Schule. Carmen ist wieder mal fort.
Erst abends will sie zurück sein.

Ich denke an nichts als an Rosalie – ob Tano sie wieder malt?
Am Nachmittag habe ich Geigenstunde, dann hat er freie
Bahn...

Malt er sie vielleicht auf dem Stuhl vor dem Fenster, am Boden im Liegen, was weiß ich schon... und immer hat sie
nichts an.

Den ganzen Morgen denke ich das – kriege nichts mit von
dem, was wir lernen.

Bin froh, als die Schule endlich vorbei ist. Ich laufe zu Pfarrer
Simon.

Statt seiner empfängt mich die Pfarrersfrau.

»David, mein Mann ist nicht da.«

»Nicht da?« Ich bin enttäuscht.

»Er mußte zu einem Sterbenden.«

Ich nicke, schaue zu Boden.

»Er meint, du könntest warten.«

Warten? Nein, das will ich nicht. Lieber fahre ich heim.

Der Himmel ist dunkel, es stürmt und regnet, ich spring aus
dem Bus und renne zum Haus. Öffne leise die Tür.

Verdammte Unruhe – wieso nur plötzlich? Ich bleibe stehen
und lausche. Sturm und Regen höre ich, dazwischen die Töne
von Tanos Musik, der schrecklichen »Toteninsel«.

Mir schwindelt, mein Herz beginnt zu jagen; ich halte mich
am Geländer fest, verfolge das Dröhnen der »Toteninsel«, es
dringt aus unserer Stube.

Ich atme auf, bin erleichtert. Weiß, daß Tano nicht malt.

Trotzdem – was soll diese Dunkelheit? Immer sonst ist Licht.
Ich schaue zur Uhr, knapp drei.
Tano denkt, daß ich Stunde habe, glaubt, ich bin erst um fünf zurück.
Ich horche, halte den Atem an, taste mich langsam zur Stube.
Die Tür, sie ist nur angelehnt, sachte stoß ich sie auf...
Im Dämmer erkenne ich Tano.
Tano im offenen Bademantel, er sitzt im Sofa mit Rosalie; Rosalie ist fast nackt. Am Boden liegen die Kleider.
Tano knutscht und streichelt sie, küßt sie und macht mit ihr rum. Ich bin wie gelähmt, kann mich nicht rühren, möchte schreien, bleibe stumm.
Keiner von beiden merkt, daß ich da bin, keiner von beiden sieht mich.
Ich fühle ein schreckliches Brausen im Kopf, übel ist mir, ich wende mich ab, stürze davon in den Schuppen.
Tano, er knutscht mit Rosalie rum, verrückt ist der, ich bringe ihn um...
Kein Wunder, daß er mich ablehnt.
Kein Wunder, daß er sich zwischen uns stellt, nicht will, daß Rosalie bei mir ist; denkt er vielleicht, sie verrät ihn?
Was ist mit Carmen – weiß sie davon?
Ich wische mir über die Augen, spüre Tränen, mein heißes Gesicht, spüre mein dröhnendes Herz.
Carmen? Bestimmt nicht, wie sollte sie auch?
Tano, er wird sich hüten...
Ich huste, mein Hals wird eng, ich merke, das Atmen wird schwer.
Ich muß weg hier, sonst ersticke ich, muß mit jemandem reden.
Carmen, ich weiß, bald kommt sie zurück. Ob ich ihr etwas sagen kann?
Carmen – sie wird mir nie glauben.
Und doch – ich muß davon reden...
Darüber schweigen, das kann ich nicht. Was – was ist mit Rosalie, noch nicht einmal zehn, und dann das!

Pfarrer Simon, der wird mir helfen; ihm kann ich alles sagen!
Ich renne hinaus in den Sturm.

Regen peitscht, schon bin ich klatschnaß; egal, ich muß zum Pfarrer.

Längst ist es dunkel, wann Carmen bloß kommt! – Sie, sie soll mich zum Pfarrer bringen.

Ich stemme mich gegen den Wind.

Da tauchen weit hinten Lichter auf, Schweinwerfer sind es, bestimmt ist das Carmen; niemand sonst kommt hierher.

Die grellen Lichter, sie nähern sich mir, ich hebe die Hände, winke. Carmen, sie muß mich nach Segebüll bringen, ich will mit dem Pfarrer reden.

Regen peitscht, ich winke wie wild, der Sturm drückt mich fast zu Boden. Die hellen Lichter blenden auf, dazu tönt lautes Gehupe.

»Carmen!« schrei ich ins Quietschen der Bremsen, das Auto streift mich, ich schlage hin, pralle auf den Asphalt.

Alles wird still, wird unheimlich dunkel, irgendwas trägt mich weit fort…

Ich bin erwacht, aus meiner Dunkelheit; liege im Krankenhaus. Passiert ist mir nichts, sagen die Ärzte, nur sprechen, das kann ich nicht mehr.

»Das ist die Folge des Schocks«, erklärt der Arzt. Er ist zuversichtlich, beruhigt mich. »Irgendwann wird es besser.«
Ich nicke, was soll ich sonst tun.

»Nur Geduld, mein Junge.« Das sagt er, bevor er geht.

Ich denke an Carmen. Auch sie liegt hier im Krankenhaus. Verletzt ist sie, hat die Rippen gebrochen, außerdem beide Arme.

Sechs Wochen muß sie hier liegen. Sechs Wochen ohne Klavier.

Jetzt haßt sie mich noch mehr als früher. Wer sonst außer mir trägt die Schuld?

Ich blicke zum Grau des Himmels; weit oben kreist ein einsamer Vogel, ich wünschte, der Vogel wär ich…

Nach zwei Wochen holt Tano mich ab. Zusammen mit Rosalie. Er ist nett, ist freundlich wie nie. Daß ich mein Sprachvermögen verloren habe, tut ihm leid. Sagt er jedenfalls. Ich blicke ihn an, von der Seite her. Sehe ihn wieder mit Rosalie – wie er sie küßt und streichelt.

Rosalie nimmt meine Hand. Ihre Augen sind ernst, trotzdem lächelt sie; Rosalie will mich trösten.

»Ich bringe dir wieder sprechen bei, der Doktor sagt, ich kann das.«

Ich nicke, weiche ihrem Blick aus, Rosalie anschaun, das mag ich nicht. Ich schäme mich, weiß nicht warum.

Ich gehe wieder zur Schule. Obwohl ich nicht sprechen kann. Der Arzt meint, es sei besser so, dann würde alles bald gut. Stumm hocke ich da, wie ein Fisch am trockenen Ufer. Die anderen Schüler sind nett, bedauern mich, sind anders als früher. Nur, weil ich nicht mehr sprechen kann.

»Der Ärmste kann kein Wort reden.«

Ich will nicht bedauert werden, mag nicht, wenn man mich mitleidig anguckt.

Ich bin Robinson Crusoe. Ich brauche niemanden.

Ich lasse die anderen, gehe meiner Wege.

Tano fährt ins Krankenhaus, besucht Carmen. Jeden Tag tut er das. Ich nicht, obwohl er es will. Ich habe Angst vor Carmen: gebrochene Arme, kein Klavier, keine Konzerte, kein Publikum. – Und schuld an allem bin ich.

So bleibe ich im Haus, hocke in meinem Zimmer und schreibe. Rosalie sieht durch die Tür, lächelt, setzt sich zu mir.

»David, sage A«, meint sie. Ich weiß, sie will mit mir sprechen üben; sie sieht mich erwartungsvoll an. Ich schüttel den Kopf, senke den Blick. Habe sie und Tano vor Augen; sein bleiches Gesicht mit dem bläulichen Bart, wie er sich über Rosalie beugt.

»Nun sage doch A«, schmollt Rosalie.

Ich winke ab und seufze.

Rosalie steht auf, schweigend verläßt sie mich.

Spürt sie, daß ich was denke?

Ich beobachte Tano, jede Minute, die Carmen nicht da ist. Habe Angst wegen Rosalie. Macht er wieder rum mit ihr, küßt er sie wie neulich? Nichts von allem passiert.

Mittwoch

Ich habe Geigenstunde, Tano bringt mich zu Pfarrer Simon. Schweigend sitze ich neben Tano, starre auf seine Hände. Sehe sie wieder Rosalie streicheln. Wie oft wohl haben sie das getan? Wie oft hat Rosalie bei ihm gesessen, nur im Hemd, fast nackt?

Tano hält vor dem Haus des Pfarrers.

»Steig aus, ich hole dich später ab.« Nickend fährt er davon; wieder will er zu Carmen.

Pfarrer Simon öffnet mir die Tür, er hat mich erwartet.

»Komm.« Wir gehen in sein Arbeitszimmer.

»Setz dich.« Er weist auf den Ohrensessel. Ich hocke mich auf die Kante, sehe Pfarrer Simon an. Wenn ich doch nur etwas sagen könnte! Erzählen, was Tano mit Rosalie macht!

»Wir lassen die Geige, wir üben sprechen.« Der Pfarrer faltet die Hände im Schoß, seine ruhigen Augen halten mich fest.

»Du möchtest doch wieder sprechen können?«

Ich senke die Augen, nicke. Pastor Simon beugt sich vor, eindringlich sieht er mich an. »Und jetzt versuche nachzusprechen.« Er formt ein A mit dem Mund. »Jetzt du«, sagt er. Ich probiere es einmal und noch einmal. Bald ist die Stunde dahin. Am Ende geht nichts, bloß down bin ich, am liebsten würde ich heulen…

Langsam erhebe ich mich, gehe zur Tür, ohne aufzusehen. Der Pfarrer folgt mir, legt mir die Hand auf die Schulter, lächelt beruhigend.

»Geduld, David, Geduld.«

Mir kommt der Doktor in den Sinn. Auch er hat von Geduld gesprochen. Trotzdem, es gibt so viel, das ich sagen möchte, länger schweigen kann ich nicht.

Ich seufze. Da schellt es. Tano. Er hat es eilig, will in die Stadt.
»Komm schon.« Er schiebt mich zum Wagen, voller Ungeduld. Drinnen sitzt Rosalie, stumm blickt sie mir entgegen. Ich rutsche zu ihr, drücke mich in die Ecke des Autositzes. Tano fährt an.
»Ich kriege noch ein Geschenk«, sagt sie plötzlich. Rosalie ein Geschenk?
Ich mustere sie. Rosalie merkt es nicht, ihre Augen hängen an Tano. Der lächelt sie an, durch den Rückspiegel. Bis wir halten.

Rosalie kriegt ein Kettchen. Aus Silber ist es, für das Fußgelenk. Ein Kettchen für das Fußgelenk?
»Habe ich mir gewünscht«, sagt sie stolz.
Wieso kriegt Rosalie Schmuck? Nicht lange, dann ist Weihnachten. Warum schenkt Tano ihr jetzt noch was?
Ich beobachte ihn, heimlich. Seine Augen umfassen Rosalie, umklammern ihre Gestalt.
Plötzlich schießt mir das Blut ins Gesicht, mit einem Schlag weiß ich alles. Er hat mit Rosalie rumgeknutscht, jetzt kauft er ihr, was sie sich wünscht.
Bei Carmen, da ist das umgekehrt; die kriegt erst was, danach wird geküßt, mit Sekt ins Bett gegangen.
Übel wird mir, ich hasse Tano. Ich bringe ihn um, das schwöre ich. Plötzlich bekomme ich Atemnot, das schreckliche Brausen im Kopf ist da, ich stürze ziellos davon...
Tano brüllt und verfolgt mich. »Verdammter Bengel, was soll denn das!« Er packt mich am Kragen, schleppt mich zum Auto. »Mach, daß du reinkommst, und rühre dich nicht!«
Dann kehrt er zurück zu Rosalie; weit hinten steht sie und winkt. Rosalie, denke ich, Rosalie...

Abends kommt Tano zu mir, als ich in der Küche hocke, mein Käsebrot kaue. Ohne Appetit, mir ist schlecht. Mir gegenüber sitzt Rosalie, wieder will sie mich sprechen lehren. Ich schüttel den Kopf, mag nicht, meide ihren Blick. Tano legt mir was hin. Ein Päckchen ist es, in schwarzem Papier.

»Habe ich dir mitgebracht.«

Mir mitgebracht? Ich traue Tano nicht, spüre Unruhe und Furcht.

»Mach es auf.« Er grinst.

Ich tue, was er sagt, öffne das Päckchen. Ein Buch kommt zum Vorschein, eines in braunem Leder.

»Ein Tagebuch?« Ich gucke ihn an.

»Ich weiß, daß du schreibst...« Tanos Grinsen wird böse.

Ein Blitzschlag durchfährt meinen Körper. Tano weiß, daß ich schreibe? Er wühlt in meinen Sachen rum? Ich begegne seinen Augen. Lauernd sind sie, drohen mir. Ich wußte, er ist gefährlich. Ich schiebe das Tagebuch von mir.

»Was ist, willst du es nicht?« Etwas in seiner Stimme warnt mich. Ich versuche ein Lächeln. Nicke. Nehme das Buch und gehe.

Sonntag, der erste Advent

Alles ist weiß vom Rauhreif. Ich sitze und schreibe, heimlich, Tano schläft noch. Da linst Rosalie durch die Tür.

»Faltest du mir Schiffchen?« Sie kommt, legt goldenes Papier vor mich hin. »Für die Schule«, fügt sie hinzu.

Ich nicke, male ein Fragezeichen in die Luft.

»Fünf«, sagt sie.

Ich falte die fünf Schiffchen.

»Wer hat dir das gezeigt?«

Rosalie guckt sich die Schiffchen an.

»Ludwig, dein Vater.« Das schreibe ich. Rosalie starrt meine Buchstaben an; greift zum Stift, streicht Ludwig durch.

»Mein Vater ist Tano, sonst niemand!« Dann springt sie auf, schnappt sich die Schiffchen, läuft in die Küche zu Tano. Der bereitet das Frühstück; Geschirr klappert, der Teekessel pfeift. Tano singt irgendein Lied. Rosalie stimmt mit ein. Später ruft sie mich.

»David, Frühstück!«

Ich bleibe, wo ich bin, will nicht essen, will sie nicht sehen. Soll sie mit Tano singen...

Trotzdem bleibe ich auf dem Wachtposten. Den ganzen Tag. Achte darauf, was Tano macht. Ob er Rosalie malt.

Er tut es nicht. Allein bleibt er in seinem Atelier. Den ganzen Nachmittag. Nicht einmal Musik hört er. Rosalie ist fort, ist unterwegs mit Nathan. Erst als es dämmert, kehrt sie zurück. Spät gehe ich ins Bett. Bin froh, weil nichts passiert ist.

Nachts wache ich auf. Sehe den Mond am Winterhimmel, sein Licht scheint hell in mein Zimmer. Ich setze mich auf, horche; von irgendwas bin ich aufgewacht. Plötzlich dringt Musik zu mir. Wieder ist es die »Toteninsel«, leise tönt sie zu mir. Ich springe aus dem Bett, erfüllt von Furcht, husche zum Fenster und öffne es, erkenne schwaches Licht. Wieder kommt es aus Rosalies Zimmer, wieder ist Tanos Schatten da...

Tano – er ist bei Rosalie!

Ich bin wie gelähmt, mein Herz schlägt wie wild.

Tano, der Mistkerl, was macht er bei ihr?

Plötzlich verschwindet sein Schatten. Nur Musik, die höre ich noch. Ich schleiche zur Tür. Was soll ich jetzt machen? Soll ich runter zu Rosalie? Soll ich nachsehn, was ist?

Die steile Stiege, wenn sie nun knarrt? Was, wenn Tano mich vorher entdeckt? Vielleicht ist Rosalie krank? Vielleicht hat sie keinen Schlaf gefunden.

Warum dann die schreckliche »Toteninsel«?

Schweiß bricht mir aus, die Luft wird mir eng. Ich haste zur Treppe, schleiche hinunter, husche zu Rosalies Zimmer.

Die Tür, sie ist nicht verschlossen. Angelehnt wie neulich ist sie, wie neulich ist auch das Bild, das ich sehe.

Tano, er macht mit Rosalie rum, streichelt und küßt sie, als wär sie erwachsen...

Mir schwindelt, das Brausen im Kopf ist da.

Ich flüchte zurück in mein Zimmer.

Dort liege ich wach bis zum Morgengrauen; bis Tano kommt und mich weckt. Ich tue, als ob ich noch schlafe.

Tano bemerkt meine Atemnot, er rüttelt mich an der Schulter.

»Was ist, du kriegst keine Luft?«

Ich schüttel den Kopf, verzieh das Gesicht, tue, als hätte ich Kopfschmerzen.

Tano geht zur Tür. »Zieh dich an, ich bring dich zum Arzt.«
Dann läuft er runter zu Rosalie, macht mit ihr Frühstück und singt.

Der Arzt ist der aus dem Krankenhaus, er wundert sich, daß ich noch nicht sprechen kann. Tano versichert, ich übte. Der Schuft.

»Mit Rosalie, seiner Schwester«, grinst er, »Rosalie kann das am besten.«

Der Doktor nickt, er ist zufrieden. »Geduld, mein Junge, Geduld.« Dann verschreibt er mir was. Tropfen und Salbe. »Das wird helfen.« Außerdem ordnet er an, daß ich wiederkommen soll. Wenn nichts besser wird. Tano nickt, lächelt, dann gehen wir. Steigen ins Auto.

»Ich habe noch was zu erledigen.« Mehr sagt Tano nicht. Schweigend durchquert er Segebüll, stoppt in einer kleinen Straße. »Warte.«

Er springt aus dem Wagen, eilt ein Stück die Straße entlang, verschwindet in einem Backsteinhaus. Unruhe befällt mich und Angst. Wohin ist Tano? Ich muß es wissen. Hetze ihm nach zu dem Backsteinhaus, Jugendamt ist dort zu lesen. Jugendamt, Zweigstelle Segebüll? – Komisch. – Was Tano dort macht?

Ich laufe zurück, will nichts mehr wissen, verkriech mich im Auto und denk an den Pfarrer. Zwei Tage noch, dann habe ich Stunde, dann lehrt er mich wieder sprechen.

Ich will wieder sprechen, ich muß es, brauche nur Geduld.

Auch Robinson Crusoe brauchte Geduld. Mehr als dreißig Jahre. Erst dann fand ihn ein Schiff, erst dann konnte er heim nach England. Ich will nicht nach England, kein Schiff muß mich finden. Ich will nur wieder sprechen können, dem Pfarrer alles sagen.

Es geht. Ich bekomme die ersten Laute zustande. Pastor Simon freut sich. »Prima! Weiter so!«

Auch ich strahle.

»Am Sonntag machen wir weiter.« Der Pfarrer bringt mich zur Tür. Sonntag? Ich schaue ihn an.

»Natürlich, da habe ich Zeit.« Er schreibt ein paar Zeilen für Tano, drückt sie mir in die Hand.

»Er wird es sicher erlauben.«

Und – was wird dann mit Rosalie?

Ich nicke. Denke, daß Tano es nicht erlaubt.

Er tut es doch.

»Von mir aus.« Grinsend nickt er. Dann verzieht er sich, geht ins Atelier. Ohne Rosalie. Sie bleibt in der Küche.

Sonntag, der zweite Advent

Der Tag ist frostig und klar. Wieder ist alles weiß, der Himmel blau, die Sonne scheint. Ich sitze und schreibe, da höre ich Tano. Verstecke alles im Geigenkasten, den Füller, die beiden Hefte.

»Wo ist Rosalie?« Tano guckt in mein Zimmer. Ich sehe auf, zucke mit den Schultern. Spüre Tanos lauernden Blick. Denkt er, daß Rosalie hier ist?

»Ich will heute morgen zu Carmen«, meint Tano, »um zwölf Uhr bin ich zurück.«

Ich tue, als ob er Luft für mich wäre, greife nach einem Buch.

»Bis dann!« Er knallt die Tür ins Schloß, poltert nach unten, läuft zum Auto, fährt davon ohne Rosalie.

Ich atme auf, bin froh.

Plötzlich höre ich Rosalie, leise stößt sie die Tür auf; fragend sieht sie zu mir.

»Nimmst du mich mit zum Pfarrer?«

Stumm verneine ich. Rosalie setzt sich zu mir, stützt den Kopf auf. »Bitte, David«, drängt sie mich.

Ich schüttel den Kopf, es geht nicht.

Rosalie starrt aus dem Fenster. Ihr kleines Gesicht ist blaß wie nie, so, als würde sie krank.

»Bitte, nimm mich doch mit«, meint sie wieder.

Ich senke den Kopf. Was jetzt? Soll ich ihr die Wahrheit verraten? »Der Pfarrer lehrt mich sprechen.« Seufzend schreib ich es auf.

Rosalie schaut mich ungläubig an. »Er lehrt dich sprechen? Kannst du schon was?«

Ich lege den Stift weg und nicke.

Rosalie strahlt, sie freut sich auf einmal. »Und«, sagt sie, »weiß Tano davon?«

Wieder nehm ich den Stift und den Block. »Er darf es niemals wissen!«

Rosalie runzelt die Stirn.

»Du mußt mir versprechen, den Mund zu halten!«

»Na gut«, sie nickt, »ich verspreche es dir.« Schweigen – sie starrt vor sich hin. Bedrückt und irgendwie traurig. Plötzlich weiß ich, hab eine Ahnung... Tano ist heute morgen bei Carmen, am Nachmittag ist er hier.

Will er Rosalie wieder streicheln, will er allein sein mit ihr? Ich fühle Unruhe, ahne Dunkles, spüre, daß was passiert...

Tano ist zurück, von seinem Besuch im Krankenhaus. Wir sitzen am Tisch und essen. Tano ist guter Laune, erzählt von Carmen, sagt, daß es ihr besser geht. Weihnachten sei sie zu Hause, meint er.

»Wird sie dann wieder Konzerte geben?« Rosalie stochert im Essen rum, ist unruhig, sieht Tano nicht an.

»Ich glaube schon, warum?« Tano sieht Rosalie prüfend an, durchbohrt sie mit seinem Blick. Auch ich schaue zu ihr, sehe in ihr blasses Gesicht, merke, daß sie ängstlich ist, irgendwas ist mit Rosalie.

Tano hält mit dem Essen inne, nimmt sein Glas Wein und trinkt. Dann lächelt er Rosalie zu. »Wie wäre es mit Ballett?« fragt er.

Schon lange wünscht sich Rosalie das, tanzen, das möchte sie können. Ihr ängstlicher Blick ist wie ausgelöscht, Rosalie nickt und freut sich.

»Na gut, ich melde dich morgen an.« Tano erhebt sich, geht zum Büfett, gießt sich einen Cognac ein, den üblichen nach dem Essen. Auch ich stehe auf. Tano zieht die Brauen hoch. »Soll ich dich nach Segebüll fahren?«

Ich winke ab, verneine. Weise mit dem Kopf auf mein Fahrrad, am Schuppen lehnt es, draußen bei Nathan.

»Gut, dann grüße den Pfarrer.«

Ich sehe mich um zu Rosalie, wieder sind ihre Augen ängstlich, sie murmelt leise: »Viel Spaß, David.« Dann dreht sie sich um und geht.

Auch ich mache mich davon, laufe hinaus, steige aufs Rad, holper ein Stück den Deich entlang, bis hin zur ersten Biegung. Hier, weiß ich, kann mich niemand vom Haus aus sehen, hier bin ich sicher vor Tano. Ich lasse das Fahrrad, verstecke mich, hocke im hohen Schilf am Graben, warte, ob jemand zu sehen ist. Nichts – der Deich bleibt verlassen.

Ich denke an Rosalies ängstliche Augen, sehe ihr blasses Gesicht vor mir, spüre, daß irgendwas ist.

Der Pfarrer kann warten, ich muß zurück, will wissen, was los ist, ob was passiert...

Ich schleiche entlang dem Graben zurück, bete zu Gott, daß das Schilf mich verbirgt, daß Tano mich nicht entdeckt.

Dumpfe Unruhe steigt in mir auf, ich habe Angst, mein Herz schlägt hart. Plötzlich bekomme ich Zweifel.

Was, wenn gar nichts geschieht?

Was, wenn ich nur Gespenster sehe, wenn Rosalie gar nichts hat?

Wenn Tano sie in Frieden läßt, wenn er ihr nichts tut?

Trotzdem, die Unruhe drängt mich weiter, ich krieche bis nahe zum Haus, haste das letzte Stück bis zur Tür. Warte – nichts ist zu hören.

Ich drücke leise die Klinke herunter, betrete den dämmrigen Flur.

Alles ist unheimlich still. Nichts von Tano und Rosalie, kein einziger Laut von der »Toteninsel«.

Wieso diese seltsame Stille?

Ich halte mich am Geländer fest, lausche. Da höre ich Rosalie weinen.

Ich spüre, wie mir der Schweiß ausbricht; die Furcht kriecht mir den Rücken hoch.

Das Weinen kommt aus Rosalies Zimmer, fröstelnd schleiche ich vor.

»Laß mich, ich habe Kopfweh, Tano.« Das höre ich Rosalie jammern. Also ist Tano bei ihr!

Nein! Nicht schon wieder! Das möchte ich schreien, ich bleibe stumm, tapse lautlos vorwärts. Irgendwas treibt mich, ich muß es wissen, muß wissen, was Tano, das Miststück, mit Rosalie macht.

Wieder ein Schluchzer, dann ist es still; so unheimlich still, wie zuvor.

Da bin ich an Rosalies Tür. Hebe den Kopf an das Schlüsselloch, ängstlich sehe ich hindurch. Erkenne das Bett von Rosalie, sie selbst und Tano, beide sind nackt. Tano hält sie auf seinem Schoß.

Ich schließe die Augen, zum Brechen wird mir, das Brausen im Kopf wird zum tosenden Donner.

Tano, der Mistkerl, was tut er!

Ich will es sehen, richte mich auf, schwanke, verliere den Halt. Falle, erhebe mich, stürze nach draußen.

Erstarre, die Tür kracht ins Schloß, es hallt durch das ganze Haus. Ich jage hinunter zum Graben. Verstecke mich, mache mich klein wie ein Igel.

Schon sehe ich Tano am Fenster.

»David!« schreit er, ich rühre mich nicht.

»David! Verflucht, ich weiß, daß du da bist!« Suchend blickt er sich um. Ich wage keinen Atemzug, wenn Tano mich sieht, dann bin ich erledigt, bestimmt bringt er mich um.

Ich halte mich still. Warte, bis er verschwunden ist. Dann springe ich auf und fliehe, renne um mein Leben.

Tano, bestimmt verfolgt er mich.

Ich stolper, stürze, raffe mich auf, heule und rufe nach Rosalie.

126

»Rosalie!« schreie ich, »Rosalie...!«

Wie vom Donner gerührt, bleibe ich stehen. Lausche auf mich, mein mühsames Atmen; wie war das, ich kann wieder sprechen?

»Tano, du Mistkerl!« Das schreie ich. Es stimmt, ich kann wieder sprechen...

Ich möchte jubeln, tue es nicht, jage weiter, dorthin, wo mein Rad liegt, zitternd steige ich auf.

Ich muß zum Pfarrer, so schnell es geht, alles will ich erzählen!

Fast schon bin ich am Haus des Pastors, springe ab, verschnaufe. Da plötzlich heult ein Motor auf, Tanos Auto, es hält neben mir, stoppt mit quietschenden Bremsen. Die Tür fliegt auf, und Tano springt raus.

»Verfluchter Kerl!« Er packt mich am Kragen, schlägt auf mich ein. »Elender Bursche, dich kriege ich noch! Du Miststück, sagst du ein einziges Wort, ich bringe dich um, das schwöre ich dir!« Noch einen Schlag, dann stößt er mich von sich, zwängt sich in seinen Wagen. »Was soll's«, höhnt er, »du kannst ja nicht reden!« Ein eisiger Blick, dann braust er davon.

Ich bleibe erstarrt zurück. Tano, er will mich erledigen, er droht, er bringt mich um. Es hämmert und dröhnt in meinem Kopf. Ich glaube Tano, er sagt, was er meint... Die Drohung, sie war kein Witz...

Ich wollte es doch dem Pfarrer sagen, kann nicht schweigen, muß Rosalie helfen – vielleicht droht auch ihr Gefahr? – Gefahr, wenn ich nicht schweige...

Plötzlich werde ich ruhig. Denke daran, wer ich bin.

Ich bin Robinson Crusoe. Ich brauche niemanden. Nicht Freitag und auch nicht Pfarrer Simon... Bin ich gezwungen, dann kann ich schweigen, sage kein einziges Wort.

Ich lehne mein Rad an den Gartenzaun, gehe zum Haus, mit gesenktem Kopf. Der Pfarrer öffnet die Tür. Stumm schiebt er mich ins Arbeitszimmer, drückt mich auf einen Stuhl.

»Warum war dein Vater so zornig?«

Tano – mein Vater! Daß ich nicht lache!

Ein Mistkerl ist das; ein elendes Schwein...

Ich schüttel den Kopf, schreibe nichts. Verschweige auch, daß ich sprechen kann; ich will nicht, daß jemand es weiß.

»Nun schreib mir doch auf, was los war.«

Die Augen des Pfarrers verdunkeln sich. Ich seufze, verrate nichts.

»Ich sollte mit deinem Vater reden.«

Der Pastor mit Tano reden? Nie!

»Tano mag mein Geigenspiel nicht, er will nicht, daß ich Unterricht habe.«

Der Pfarrer starrt mich entgeistert an. »Seit wann kannst du wieder sprechen, David?«

Ich senke den Blick, zucke die Schultern. »Weiß nicht, auf einmal ging es...«

Pastor Simon runzelt die Stirn, er glaubt mir nicht.

»Auf einmal ging es, wie das?«

Ich werde rot. »Wie das, wie das, ich weiß es nicht!«

Der Pfarrer wechselt das Thema. »Dein Vater mag dein Geigenspiel nicht?«

»Nein, ihn stört mein Geübe.«

»Hattest du deshalb die Szene?«

»Ja, ich sollte zu Hause bleiben.«

Der Pastor sieht mich nachdenklich an.

»David, du bist begabt.«

Schweigen. Ich starre auf meine Schuhe.

»Soll ich mit deiner Mutter reden?«

Ich sehe auf, winke ab. »Die ist fast immer auf Reisen.«

»Und, was wirst du jetzt machen?«

Jetzt machen?

Reden, alles sagen!? Ich denke an Tano, an seine Drohung, an Rosalie, was mit ihr werden wird, wenn ich nicht schweige, alles erzähle. Bestimmt ist auch sie in Gefahr.

Tano ist viel zu gefährlich.

»Ich werde vorerst nicht mehr kommen.«

Der Pfarrer legt mir die Hand auf die Schulter. »David, ich

habe Verständnis dafür, ändert sich was, dann melde dich, du weißt, du bist immer willkommen...«

Wir gehen hinaus in den Flur.

»David, mein Junge, mach's gut.«

»Danke.« Ich schlucke. Reiche Pastor Simon die Hand. Dann stürze ich davon, hin zu meinem Fahrrad.

Nie mehr werde ich Stunde haben, den Pfarrer, den hatte ich gern. Ich lenke mein Denken auf Rosalie – was wird sein, wenn ich komme?

Das Haus ist leer. Tano ist nicht da und auch nicht Rosalie. Sie sind draußen, weit hinten auf dem Deich. Ich sehe sie im Abendrot, der Himmel glüht, die Wiesen leuchten, noch immer sind sie mit Rauhreif bedeckt.

Ich werf mich aufs Bett, fühle mich schwer, habe Angst vor Tano.

Ich presse den Kopf in die Kissen, erinnere mich, wer ich bin... Ich bin Robinson Crusoe. Ich brauche niemanden. Nicht einmal Freitag, nein, nicht einmal den.

Schon gar nicht den netten Pfarrer.

Müde schließ ich die Augen.

Seit jenem Sonntag ist alles vorbei. Nichts darf ich mehr. Tano feindet mich an. Nachmittags schnappt er sich Rosalie, fährt mir ihr zu Carmen. Jeden Tag. Erst abends kommen sie zurück. Rosalie sehe ich kaum noch. Sie weicht mir aus, irgendwie.

Wenn Rosalie wüßte, was los ist. Daß ich wieder sprechen kann...

Dann bliebe ich nicht so ausgestoßen, sicher würde sie reden mit mir.

So aber ist es, wie es ist. Ich bleibe allein, habe Angst vor Tano, kratze mich, kann nicht schlafen. Liege wach und wälze mich. Gehe ans Fenster, warte. Auf einen Lichtschein aus Rosalies Zimmer, auf Tanos schwarzen Schatten. Sehe ich ihn, wird mir schlecht. Ich rolle mich unter die Decke, will nicht denken, was unten passiert.

Carmen, wenn die wüßte davon!
Was, was würde sie sagen?

Sonntag, der dritte Advent
Es hat geschneit, alles ist weiß. Wie immer hock ich in meinem Zimmer. Plötzlich erscheint Rosalie. Im Nachthemd ist sie, sieht durch die Tür. Ihr Gesicht ist blaß wie nie; ihre Augen zeigen Schatten. Sie setzt sich an den Tisch, starrt mich schweigend an. Ich rutsche auf den Stuhl neben sie, wartend erwidere ich ihren Blick. Schließlich zeigt sie auf Stift und Block. Sie will mich etwas fragen.
»Bist du schlecht in der Schule?«
Ich schüttel den Kopf. »Wieso?« schreibe ich.
»Hast du geklaut und die Lehrer belogen?«
Wieder schreibe ich »Nein«.
»Tano behauptet, du seist schwer erziehbar, er sei am Ende mit seiner Kraft. Du tätest nie, was er sagt.«
Ich schaue Rosalie an; suche in ihrem Gesicht nach Antwort. Nichts – ihr Gesicht bleibt reglos. Schließlich schreibe ich auf das Blatt vor mir: »Glaubst du etwa, was Tano sagt?«
Rosalie zuckt mit den Schultern. »So was erzählt er Carmen, immer dann, wenn wir bei ihr sind.«
»Du weißt doch, das stimmt nicht, Rosalie.« Mir zittert der Stift in der Hand vor Wut.
Sie senkt den Kopf, wird rot. Nach einer Weile schaut sie auf, ihre Augen sind unruhig, irren umher.
Sie fragt nach vergangenem Sonntag.
»Bist du nicht zum Pfarrer gefahren? Warst du in unserem Haus?«
Ich seufze und schreibe »Nein, Rosalie«.
»Wieso hat Tano nach dir gerufen?«
Ich schüttel den Kopf. »Keine Ahnung.«
Rosalie glaubt mir, sie ist erleichtert, steht auf und geht zum Fenster. Im Nachthemd sieht sie aus wie Schneewittchen; wie kann sie nur ab, was Tano tut? Im Frühling wird sie erst zehn!

Warum ist Tano auf Rosalie wild? Wie kommt es, daß er rummacht mit ihr?

Wenn ich nur jemanden fragen könnte, jemanden, dem ich vertrauen kann. Da fällt mir ein, wer ich bin.

Ich bin Robinson Crusoe. Ich brauche niemanden!

Ich kriege Tano – irgendwann!

Noch zwei Tage, dann ist Weihnachten. Tano ist nach Segebüll gefahren, zusammen mit Rosalie. Sie wollen Carmen abholen, endlich wird sie entlassen. Ich sitze auf der Bettkante, will lesen. Es geht nicht, mir ist schlecht, ich habe Angst. Angst vor Carmen, kann mich nicht konzentrieren.

Was, wenn sie nie wieder spielen kann, Schluß ist mit dem Klavier? Ich schmeiße das Buch in die Ecke, gehe zum Fenster, schaue hinaus. Das Meer ist grau, fast schwarz. Still ist es, genau wie der Himmel, darunter der Deich, bedeckt mit Schnee, er gleicht einer weißen Schlange.

Weit hinten taucht Tanos Auto auf; mit klopfendem Herzen verfolge ich es, warte, bis es hält. Schon öffnet sich die Wagentür, Tano steigt aus und Carmen. Ihnen folgt Rosalie, sie rennt an beiden vorbei ins Haus, kommt hinauf in mein Zimmer gehastet.

»Du sollst in ein Heim!« Das flüstert sie. Ich starre sie an, kann es nicht glauben, schüttel heftig den Kopf. Greife nach Stift und Block.

»Wieso soll ich in ein Heim?« schreibe ich, niemand kennt mein Geheimnis; weiß, daß ich längst wieder sprechen kann...

Rosalie nickt, ihr Gesicht ist gerötet, aufgeregt ist sie wie nie.

»Tano sagt, es ist besser so, du raubst ihm den letzten Nerv.«

Ich komme fort, in ein Heim? Immer schon wollte ich fort, wollte weg. Doch jetzt, was wird mit Rosalie? Was ist, wenn Carmen auf Reisen ist...

Mein Kopf schwirrt, kaum kann ich denken.

Ich muß mit Rosalie reden. Jetzt oder nie, sie soll es erfahren.

»Kommst du mit in den Schnee nach dem Essen?« Mit zitternden Fingern schreibe ich das.

Rosalie nickt, ist froh, das merke ich.

»Willst du nicht lieber Tano fragen?«

Sie starrt meine Frage an, schüttelt langsam den Kopf. Sie weiß wie ich, das braucht sie nicht. Tano hat einen Strauß Rosen für Carmen, dazu eine Flasche Sekt kaltgestellt. Was das bedeutet, das weiß sie genau.

»Nein«, sagt sie und geht, huscht lautlos die Stiege nach unten.

Wir dürfen in den Schnee. Tano erlaubt es. »Raus mit euch.« Das grinst er, der Schuft, der Heuchler. Ich sehe ihn an, begegne seinen Augen. Sein Blick ist eisig, auch wenn er lacht, dahinter steht seine Drohung. Die Drohung, daß er mich umbringen will, sage ich nur ein einziges Wort...

Haßerfüllt ziehe ich ab. Zusammen mit Rosalie, nichts läßt sie sich anmerken, nichts von dem, was ich weiß von ihr.

Wir machen uns davon. Waten durch den Schnee mit dem Schlitten. Bis hin zum Bootssteg, hier sind wir sicher. Niemand kann uns sehen. Wir hocken uns auf den Schlitten, ich gucke Rosalie an, fragend, da senkt sie den Kopf, sieht auf das Wasser.

Ich grübel – wie soll ich beginnen? Wie die richtigen Worte finden?

»Rosalie, ich weiß alles.« Das sage ich schließlich.

Sie fährt herum, mit dunklem Gesicht. »Du kannst sprechen?« fragt sie entgeistert.

»Schon lange.« Ich nicke.

Schweigen.

Rosalie schabt mit dem Fuß im Schnee.

»Warum hast du nie was gesagt?« meint sie leise.

»Ich will nicht, daß jemand es weiß.« Tanos Drohung verschweige ich, Rosalie darf sie nicht wissen.

»Warum nicht?« Sie runzelt die Stirn.

»Ich habe meine Gründe dafür, schwöre, daß du's niemandem sagst.«

»Na gut«, die Antwort kommt zögernd.

»Das reicht nicht, Rosalie, schwöre es.« Eindringlich sehe ich sie an. Sie seufzt und schwört, wir schweigen. Blicken stumm auf das schwarze Meer; schließlich frage ich, was mich quält: »Seit wann macht Tano so was mit dir?« Ich schlucke, bin froh, daß es raus ist.

Rosalie wird knallrot. Leckt sich die Lippen, sagt nichts. Endlich holt sie tief Luft.

»Erst hat er mich nur gemalt...«, stottert sie.

Tanos Skizzen – der elende Mistkerl!

»Und dann?«

»Dann hat er mich manchmal gestreichelt...«

Rosalie schluckt; eine Pause entsteht. Leise fährt sie fort: »Immer, wenn er kein Bild verkauft hat, wenn Carmen mit ihm gestritten hat; dann hat er getrunken, und dann, na ja, dann kam er eben zu mir.«

Rosalie schweigt, beginnt zu weinen; ich warte, bis sie ruhiger wird. »Hat Carmen nichts gemerkt?«

Rosalie schüttelt den Kopf. »Carmen, die war fast nie da.«

»Warum hast du nichts gesagt davon?«

»Carmen was sagen«, Rosalie schnieft, »die hat doch nur ihr Klavier im Kopf, und außerdem...«, Rosalie schneuzt sich die Nase.

»Außerdem«, fährt sie seufzend fort, »Carmen, die glaubt mir sowieso nicht, ich bin ihr egal, das weiß ich.«

Ich fasse nach Rosalies Hand. »Ich werde dir helfen.« Das sage ich. Sie blickt mich hoffnungsvoll an.

»Du mußt es mir schreiben, mir fällt schon was ein.«

»Ich rufe dich an«, sie wischt sich die Augen, »ganz früh, wenn Tano noch schläft.«

Ich nicke stumm mit dem Kopf. Rosalie faßt mich am Arm.

»Denkst du, daß du mir helfen kannst?«

»Ich helfe dir, das sagte ich doch; nur, ich weiß noch nicht wie.«

»Bestimmt?« fragt sie, »du schwörst es mir?«

»Bestimmt«, sage ich, »ich schwöre.«

»Laß uns zurück, mir ist kalt.«

Wir laufen zurück, durch den Schnee mit den Spuren, Spuren von uns und dem Schlitten. Denken an das, was vor uns liegt…

Ich warte. Darauf, daß Tano und Carmen mir sagen, daß ich wegkomme. Fort in ein Heim. Sie tun es nicht, schweigen, als wäre nichts.

Ich bin voller Unruhe. Kratze mich nachts, habe Atemnot.

Schließlich reicht es Carmen, sie schleppt mich zum Arzt. Gleich nach Weihnachten. Wieder ist es der von damals.

»David, mein Junge, wie geht es dir?«

Ich senke den Kopf, sage nichts.

»Was, du kannst noch nicht wieder sprechen?«

Ich schüttel den Kopf, weiche seinem Blick aus. Der Arzt ist verwundert, eine Weile ruhen seine Augen auf mir. Dann beginnt er mich zu untersuchen. Prüft wortlos Haut und Lunge.

»Sag mal, David, du magst Tano nicht?«

Der Doktor hält mich am Arm.

Pause. Ich gucke zur Seite.

»Ich weiß, daß er nicht dein Vater ist.« Die Stimme des Arztes wird drängend. Fragend sehe ich auf.

»Du magst ihn nicht, ich weiß es, David.«

Ich werde rot und nicke.

»Du bist auch nicht gerne zu Hause?«

Ich nicke noch einmal, seufze und sehe zu Boden.

»Ich werde mit deiner Mutter reden.«

Mit Carmen reden, warum?

Der Doktor verschwindet nach draußen zu Carmen. Was er redet, weiß ich nicht. Langsam zieh ich mich an.

Denke dabei an Rosalie, denke, was Tano wohl macht.

Abends ist es dann soweit. Carmen und Tano rücken damit raus, sagen endlich, daß ich fortkomme, in ein Heim soll.

»Der Arzt hält es für besser«, meint Carmen. Warum, erklärt sie nicht. Unruhig ist sie, irgendwie; spielt mit ihren Händen. Jetzt mischt Tano sich ein: »Ein Therapeut wird dich das Sprechen lehren.«

Jemand wird mich das Sprechen lehren? Ausgerechnet Tano sagt das!

Ich hebe den Kopf, begegne seinem Blick. Die Drohung, was ist mit ihr? Kann ich erst reden, was macht er dann?

Tano erwidert meinen Blick, lächelt, böse und drohend.

»Der Arzt spricht von einem Jahr«, meint er eisig, »ein Jahr, dann kommst du zu uns zurück.«

Ein Jahr, was wird da mit Rosalie?

Ich glaube Tano kein Wort.

Auch Carmen nicht, die fortfährt zu reden, erklärt, was wird, was auf mich wartet. Ihr bin ich völlig egal!

Ich schalte auf Durchzug, höre nicht hin, spüre nur Tanos lauernden Blick, die Feindschaft in seinen Augen.

Endlich ist Carmen fertig. Fertig mit dem, was sie sagen wollte. Ich erhebe mich, trotte hinauf in mein Zimmer. Am Tisch hockt Rosalie, sie ist im Nachthemd; längst soll sie schlafen.

»Haben sie es gesagt?« Aus fragenden Augen sieht sie mich an.

»Ja, haben sie.«

Ich trete ans Fenster, sehe den Leuchtturm, ansonsten nichts als Dunkelheit. »Ein ganzes Jahr bin ich weg.«

»Ein ganzes Jahr? Warum denn nur?« Rosalie stützt den Kopf auf, blickt ins Leere, »ein ganzes Jahr, was jetzt?«

»Mir fällt schon was ein, das verspreche ich.«

Rosalie nickt, sieht mich an, aus Augen, die ängstlich und traurig sind. Dann steht sie auf und geht.

»Wirst du mich nicht verraten?«

Sie dreht sich noch einmal um.

»Ich hab's doch versprochen, David, nie!«

Gleich im neuen Jahr ist es soweit, Carmen und Tano bringen mich fort. In das Heim, am Rande der Stadt liegt es, nicht weit von einem breiten Kanal.

Carmen redet, von allem Möglichen; vor allem von den Ferien. Daß ich da nach Hause darf. Ich höre nicht hin, weiß schon jetzt, nichts davon stimmt. Nie im Leben will Tano das, Rosalie will er, sonst gar nichts.

»Bald sind wir da.« Tano grinst, streichelt flüchtig Carmen. Ich denke an Rosalie, auch sie streichelt er. Ich sehe weg, mir wird schlecht. Ich hasse Tanos bleiches Gesicht, den Stoppelbart und das wirre Haar. Hasse sein böses Grinsen. Er summt, fühlt sich obenauf; endlich hat er Bilder verkauft, dazu einen Auftrag bekommen.

»Es geht bergauf«, hat er gemeint.

Bergauf? Daß ich nicht lache.

Der Leiter des Heimes empfängt uns. Steiner heißt er. Groß ist er, knochig wie eine Vogelscheuche. Sein Pferdegesicht guckt mich freundlich an.

»Du spielst Geige?« fragt er, schiebt seine dicke Hornbrille hoch. Ich drücke meinen Geigenkasten an mich, nicke stumm. Carmen mischt sich ein. Erklärt, warum ich nicht antworte, berichtet von dem Unfall und seinen Folgen.

Steiner nickt; weist auf die Akte, die auf seinem Schreibtisch liegt.

»Ich bin im Bilde«, sagt er. Ich stiere auf den roten Hefter, lese meinen Namen darauf. Wieso gibt es eine Akte von mir? Habe ich was verbrochen?

Carmen reicht ihm ein Schreiben. Es ist von dem Arzt, der mich untersucht hat.

»Für Ihre Unterlagen.«

Steiner liest sich das Schreiben durch. »Das kriegen wir schon hin.«

Dann wird alles beredet. Besonders die Sprachtherapie. Steiner lächelt mir zu. »Der Psychiater ist ein netter Mann«, sagt er, »und fähig obendrein.«

Carmen und Tano nicken, sie tun beruhigt. Vor allem Tano, seine Augen streifen mich, sein Blick ist eisig und drohend. Was macht er, wenn ich sprechen kann? Von meinem Geheimnis ahnt er nichts, niemand kennt es, außer Rosalie. Und Rosalie schweigt, sie hat es versprochen.

Als alles geklärt ist, wird sich verabschiedet. Tano und Carmen reichen Steiner die Hand, bedanken sich, mehr als not tut.

»Mach's gut, David.« Carmen drückt mir einen Geldschein in die Hand. Dann folgt sie Steiner und Tano zum Ausgang. Sie ist erleichtert, das merke ich. Jetzt liegt Tano ihr nicht mehr in den Ohren, endlich ist das Thema erledigt.

Ich bleibe allein im Büro, warte, bis Steiner zurück zu mir kommt. Er klemmt sich hinter seinen Schreibtisch, faltet die Hände über dem Bauch, schaut mich an. Lächelt.

»Du wirst dich schon einleben«, meint er. Ich zucke mit den Schultern, weiche seinem Blick aus.

»Als erstes bekommst du Sprechunterricht.« Er greift zum Telephon, will den Therapeuten anrufen.

»Das brauchen Sie nicht«, sage ich leise.

Steiner legt den Hörer aus der Hand, guckt mich an, als sei ich vom Mond. »Wieso kannst du plötzlich sprechen?«

Ich winke ab. »Kann ich schon lange.«

»Schon lange?« Mißtrauisch mustert er mich.

Ich nicke. »Ja«, sage ich.

»Wie kannst du so was verheimlichen?« Steiners Blick wird streng, fast hart.

»Ich wollte nicht, daß jemand es weiß.«

»Um Himmels willen, warum denn nicht?«

Ich schweige.

»Du kannst deinen Vater nicht leiden, stimmt's?« Steiner stützt den Kopf in die Hände, durchdringend sieht er mich an.

Ich schüttel den Kopf, Antwort gebe ich keine.

»Du bist auch nicht gerne zu Hause, wie?«

Ich denke an Tano, an seine Musik, an Carmen, die übt und auf Reisen ist, daran, was dann passiert...

»Nein«, sage ich, »da bin ich nicht gern.« Obwohl ich am liebsten bei Rosalie wäre.

Steiner erhebt sich. »Ich hoffe, daß du dich eingewöhnst.« Ich sehe zu Boden, sage nichts.

»Hoffe auch, daß du Freunde findest.« Ich – und Freunde? Ich blicke Steiner an, schweige weiterhin.

Ich bin Robinson Crusoe. Ich brauche niemanden. Nicht Freitag, keine Freunde. Das weiß ich.

Hardy zeigt mir mein Zimmer. Er ist Erzieher, ein bärtiger Typ in Jeans und Leder. Wir traben einen langen Gang entlang. Viele Türen, alle gleich; grau mit blauem Rahmen. Vor Nummer dreizehn bleiben wir stehen.

»Hier«, Hardy drückt die Klinke runter. »Du wirst dir mit Bubi und Hajo das Zimmer teilen. Sie sind älter als du, schon vierzehn.«

Ich schaue mich um. Drei Schränke, drei Betten, Stühle, ein Tisch. Hardy stellt meinen Koffer ab. »Um 19 Uhr ist Abendbrotzeit.« Er lächelt mir zu, flüchtig, dann geht er, läßt mich in Zimmer dreizehn zurück.

Ich schiebe meine Geige unter das Bett. Dann mache ich mich ans Auspacken, räume alles in meinen Schrank; gleich neben dem Fenster steht er. Verstohlen sehe ich hinaus, erkenne ein paar Kinder. Sie spielen auf dem weiten Gelände, werfen Schneebälle, balgen sich. Plötzlich fliegt die Tür auf. Zwei Jungen, sie mustern mich voller Abwehr, schmeißen sich aufs Bett, stieren mich an. Der eine hat ein Pickelgesicht, der andere ist ein gelackter Affe.

»David?« Der Gelackte macht schmale Augen.

»Du sagst es.«

Er grinst. »Weswegen bist du bei uns gelandet?«

Ich zucke die Schultern, sage nichts. Wen geht das was an?

»He Kleiner, sag schon, was ist der Grund?«

Wieder bleibe ich die Antwort schuldig.

»Was nun? Säufer, Strich oder Knast? Oder sind deine Eltern im Jenseits?«

Im Jenseits, Strich oder Knast? Ich weiß nicht, was ich sagen soll. Der Gelackte springt auf, da ertönt eine Klingel. »Dein Glück«, er tapert zur Tür. Gefolgt vom Pickelgesicht und mir. »Und daß du's gleich weißt, der Boß hier ist Carlo, und wir gehören zum Trupp.« Die Jungen grinsen, dann machen sie sich davon, stiefeln zum Eßsaal. Ich folge ihnen, zögernd, der Hunger ist mir vergangen.

Wir sitzen an einem Tisch, Bubi, der Gelackte und ich, schweigen uns an. Die Jungen stopfen Brot in sich rein, wie gierige Wölfe sind sie. Beobachten mich, aus schmalen Augen. Ich senke den Kopf, starre auf meinen Teller und zerkrümel das Brot. Da erscheint Steiner. Mit großen Schritten steuert er auf mich zu. Im Saal wird es still, alle gucken, was Steiner vorhat. Er faßt mich am Kragen, zieht mich vom Stuhl.

»Das ist David, unser Neuer.«

Ich bin Robinson Crusoe. Ich brauche niemanden. Nicht Freitag, nicht die Jungens hier.

Irgendwann haue ich ab.

Nachts habe ich Atemnot – wälze mich, kann nicht schlafen. Hajo und Bubi motzen, beschweren sich beim Erzieher.

»Kann der nicht woanders pennen!«

Also werde ich ausquartiert, jedenfalls nachts. Schlafe im Krankenzimmer. Der Erzieher gibt mir Medizin, die hilft. Wenigstens so finde ich Ruhe.

Nicht vor Rosalies Bild. Immer verfolgt es mich; auch im Traum. Rosalie und die »Toteninsel«; Tanos Musik, wenn er rummacht mit ihr. Wenn ich nur wüßte, was ist.

Bald erkenne ich: Carlo ist wirklich der Boß hier. Alle kuschen vor ihm, himmeln ihn an oder tun so, machen, was Carlo befiehlt.

Wer sich sträubt, kriegt eins drauf. Immer tut Carlo sich groß, besonders vor Ilona. Sie geht mit dem Schwachkopf, macht kein Hehl daraus. Arm in Arm schlendern die beiden durchs Heim. Ilona ist gerade fünfzehn geworden. Ihr Vater, das weiß ich, sitzt im Gefängnis, die Mutter geht auf den Strich.

Es ist Abend, längst ist es dunkel. Gegessen haben wir schon, bis zur Nachtruhe ist es noch hin. Es schneit. Ich trabe hinaus, im Zimmer bleiben, das mag ich nicht. Bubi und Hajo will ich entgehen… Ich schlender durch die Dunkelheit, spüre den kalten Schnee. Plötzlich höre ich Stimmen; erkenne Carlos

Trupp. Die Jungen lehnen im Schatten der Hauswand, verschneite Büsche decken sie.

Ich schleiche mich ran, will wissen, was die da tun. Einer der Jungen bemerkt mich. Springt vor und stürzt auf mich zu. Bubi ist es, er packt mich.

»Der Kleine«, höhnt er und schleppt mich vor Carlo.

Der grinst. »Der Kleine verfolgt uns, na so was.«

»Der schnüffelt«, zischt Bubi, »merkst du das nicht?« Er stößt mich zurück, ich falle.

»Verschwinde, sonst kriegst du die Fresse poliert!«

Ein Tritt, dann bin ich frei. Ich renne davon, stürze ins Heim, hock mich ins Dunkel des Zimmers. Sehe zornig hinaus.

Ich bin Robinson Crusoe. Ich brauche niemanden. Nicht Freitag, nicht die Idioten hier.

Seufzend geh ich ins Krankenzimmer, haue mich in mein Bett.

Am nächsten Morgen rufe ich Rosalie an. Früh, noch vor der Schule. Sie meldet sich.

»Rosalie, endlich, was ist mit dir?«

Pause – keine Antwort.

»Hat Tano dir was getan?«

Schweigen. Dann: »Nein.« Ihre Stimme ist leise.

»Bestimmt nicht?« dränge ich sie.

»Nein«, sagt Rosalie, »wirklich nicht.«

Wieder entsteht eine Pause. Ich spüre, sie ist mir unheimlich fern, Rosalie hat mich vergessen.

»Tano und Carmen, sie wissen es.«

Kaum hörbar ist ihre Stimme.

»Wissen es, Rosalie, was meinst du damit?«

»Sie wissen, daß du sprechen kannst.«

Rosalies Stimme ist nur noch ein Flüstern.

»Von wem? Hast du es gesagt?«

»Nein, der Leiter von deinem Heim.«

Steiner! Das hätte ich mir denken können.

»Tano will dich nie wieder sehn.«

Pause. Rosalie seufzt.

»Er sagt, wer einmal lügt, dem darf man nicht glauben, niemals mehr, hat er gesagt.«

Ich lege auf, mir ist alles klar. Erzähle ich von Rosalie, wird niemand mir glauben, dafür hat Tano gesorgt...

Ich bekomme Geigenunterricht, bei einem Musiklehrer. Alt ist er und wortkarg, hat nichts als Musik im Kopf. Nur geigen, das kann er nicht. Ich gehe trotzdem zum Unterricht, Steiner besteht darauf, außerdem entkomme ich so dem Trupp, entkomme Hajo und Bubi.

Üben muß ich im Keller, in einem alten Duschraum, der nicht mehr benutzt wird.

»Da bist du ungestört.« Das jedenfalls hat Steiner gemeint.

Nachmittags bin ich dort, übe, denke an Rosalie.

Plötzlich fliegt die Tür auf. Bubi steht da, zusammen mit Carlo.

»Hab ich's dir nicht gesagt«, spottet er, »der Kleine fiedelt, der ist was Besonderes.«

Carlo kommt auf mich zu, mit klopfendem Herzen seh ich ihn an.

»Laß mich«, er weist auf die Geige.

»Nein!« Ich weiche zurück.

Carlos Gesicht wird rot vor Zorn. »Ich sagte, laß mich mal, verstehst du nicht!«

Da mischt sich Bubi ein. »Warte Boß«, schon packt er mich, drückt mir den Arm auf den Rücken. Es schmerzt, ich zeige es nicht, verzieh keine Miene. Wieder drückt Bubi den Arm nach oben, ich stöhne, will mich befreien.

»Soll Carlo dir deine Fresse polieren, dann ist es vorbei mit dem Babyface.«

»Laß ihn«, zischt Carlo und lacht gefährlich. Bubi schnaubt und gehorcht.

»Die Geige«, knurrt Carlo leise.

Wieder sage ich »Nein«.

Er tritt an mich ran, mit flammenden Augen, ich spüre seinen rauchigen Atem. »Ich warne dich, Kleiner, paß auf!«

Er droht mir, umklammert mein Handgelenk, die Geige fällt auf die Fliesen. Schließlich läßt Carlo ab von mir; schnappt sich Bubi, macht sich davon. Lacht, dann ist es still.
Ich hocke mich hin, verfluche die Geige, hasse Musik und mich selbst.

Wieder bin ich voller Unruhe. Nichts höre ich von Rosalie. Keine Nachricht, kein einziges Zeichen; auch ans Telephon geht sie nicht. Was ist nur, was hat sie, was soll ich nur machen?
Im Geiste verfolgt mich ihr Bild. Verfolgt mich die schreckliche »Toteninsel«, diese Musik, ich vergesse sie nie, nie, was damit zusammenhängt, Tano, sein Streicheln, sein Küssen...
Es hilft nichts, ich muß mit Rosalie sprechen, muß endlich wissen, was ist.
Am Morgen rufe ich an. Noch ist es früh, stockfinster ist es, obwohl wir Ende Februar haben. Bald wird Rosalie zehn.
Ich wähle die Nummer, lausche. Hoffentlich habe ich diesmal Glück. Höre, wie jemand ans Telephon geht. »Verdammt, wer ist da, was soll der Mist! Wer ruft hier ständig so früh an!«
Ich zucke zusammen. Tano! Hänge ein mit klopfendem Herzen, weiß, jetzt ist alles aus!
Rosalie sprechen, das geht nicht mehr, Tano ist auf der Lauer.
Ich schlender durch das kahle Gebüsch zum Kanal, blicke ins schwarze Wasser.
Fühle mich einsam, möchte fort, wenn ich nur wüßte, wohin.

»He Kleiner, nun sag schon, was tust du bei uns?«
Bubi fragt das, zum hundertstenmal. Er hockt auf dem Bett, mit verschränkten Armen, den Rücken gegen die Wand gelehnt.
Ich schweige, was geht ihn das an!
»Irgendwas ist doch krumm bei dir.« Nicht einmal Hajo gibt Ruhe. Ich senke den Kopf, bleibe stumm.
»Hier sind bloß die von Säufern und Knastern, von Müttern, die strichen, kapierst du das!«

Ich schüttel wortlos den Kopf.

»Dein Alter sitzt, hab ich recht?«

Bubi stiert mich höhnisch an.

»Mein Vater ist lange tot.«

Hajo springt auf, er schnellt auf mich zu. »Du lügst doch, wenn du die Klappe aufmachst.«

»Ich lüge nicht, laß mich los!«

Hajo zieht mich am Kragen hoch. »Du willst bloß was Besseres sein als wir.« Er stößt mich, ich stürze zu Boden.

»Laß unseren Kleinen, sonst weint er.«

Ich schmeiß mich aufs Bett, schließe die Augen; hasse das Heim, will fort von hier; hasse Hajo und Bubi, hasse Carlos Trupp.

Nicht lange, bin ich schon wieder dran.

Ich trabe zur Schule, habe Geigenstunde. Plötzlich taucht Carlo vor mir auf, zusammen mit den anderen. Sie kommen vom Kiosk, trinken Bier, labern rum, machen Leute an. Schon hat er mich entdeckt. Langsam kommt er auf mich zu. »He Kleiner«, breitbeinig baut er sich vor mir auf, »gehst du mit deiner Fiedel spazieren?« Er versperrt mir den Weg, sein Blick ist verschlagen. Die anderen treten hinzu, grinsen breit und höhnisch. Hajo packt mich am Haarschopf. »Du hast wohl 'ne Kartoffel verschluckt?«

Der Pulk von Jungen grölt, wartet, was Carlo vorhat mit mir.

»Gib her«, er zeigt auf die Geige.

»Nein.« Ich tue stark.

»Gib schon, los, sonst passiert was.« Carlo entreißt mir die Geige. »Jetzt sagst du, was deine Alten machen, glaub bloß nicht, daß du was Besseres bist, also, was ist, Knast oder Strich, raus mit der Sprache, sonst knallt's!«

Nie im Leben sage ich was, ich beiße mir auf die Lippen.

»Du mieser Typ, nun sag schon!«

Carlo kann lange reden.

»Mach das Maul auf, Kleiner, sonst bist du gewesen!«

»Gib mir die Geige«, murmel ich nur.

»Der feine Pinkel will geigen«, zischt Carlo, »spiel«, fügt er drohend hinzu. Packt mich am Kragen, würgt mich.

Ich kriege keine Luft. »Wieso?« stöhne ich.

Carlo hält mir die Faust vor das Gesicht. »Wieso! Du spielst, und zwar gleich!«

Ich tue, was Carlo befiehlt.

Der Trupp grölt rum, er krümmt sich vor Lachen. »Der Kleine gibt uns ein Sonderkonzert.«

Ich schäme mich, setze die Geige ab. Spüre Carlos Hand im Genick.

»Weiter!« faucht er und tritt mich. Plötzlich läßt er ab von mir. »Verpiß dich, Kleiner, es reicht!«

Ich pack meine Sachen, stürze davon.

»Und fiedel schön brav, so lange du kannst!«

Ich fiedeln? Das war das letzte Mal! Geigenstunden? Nie wieder!

Der Musiklehrer ist aufgebracht. »Du willst keine Stunde mehr?«

Er kann es nicht glauben, gibt es an Steiner weiter.

»Was ist los?« Steiner sitzt hinter seinem Schreibtisch, hält wie immer die Hände über dem Bauch gefaltet, mißtrauisch starrt er mich an. Ich zucke die Schultern, schweige. Von Carlo sage ich nichts.

»Warum denn keinen Unterricht mehr? Du weißt, du bist begabt, mein Junge.«

Ich seufze, schweige weiterhin.

Steiner holt tief Luft. »Du mußt, deine Eltern wollen es so, haben es so bestimmt.«

»Meine Eltern bestimmt, daß ich nicht lache. Die sehe ich doch schon lange nicht mehr, was haben die noch zu sagen?«

Steiner schluckt, rückt die Brille hoch. »David, was soll das, was fällt dir ein!«

Ich sage nichts, bleibe stumm.

»Du gehst, es war so abgemacht.«

»Ob abgemacht oder nicht. Ich rühre die Geige nicht mehr an.«

Steiner stiert mich entgeistert an.

»Wir sprechen uns noch, du kannst gehen.«

»Du kannst gehen.« Das sagen alle zu mir. Carlo hat es so eingefädelt. Überall werde ich ausgeschlossen, beim Spiel, beim Sport, vor allem beim Schwimmen, ins Wasser darf ich nicht mehr.

»Seht euch mal Davids Beine an, der hat ja die Krätze, igitt.«

»Das ist keine Krätze, das ist Allergie.«

»Von wegen, bleib weg, du steckst uns an, du darfst nicht ins Wasser, hau ab!«

Ich verschwinde, ziehe mich an. Was sind schon kaputte Arme, zerkratzte Beine. Die können mich mal, verrückt sind die, die spinnen, alle zusammen.

Ich renne fort, zum schwarzen Wasser.

Denke, daß ich Robinson bin.

Rosalie zählt, sonst nichts.

Rosalie zählt, sonst nichts? Sie hüllt sich schon lange in Schweigen. Schreibt nicht, ruft nicht an. Obwohl sich bestimmt nichts geändert hat, kein bißchen, da bin ich sicher.

In der Schule falle ich ab, kann mich nicht konzentrieren. Rosalies Schweigen macht mich krank; immerzu muß ich an sie denken...

Die Lehrer sind sauer, verstehen es nicht, warum meine schlechten Zensuren? Sie geben Nachricht an Steiner. Wieder ruft er mich zu sich.

»Setz dich«, er weist auf den Stuhl vor dem Fenster. Lange schaut er mich an.

»Deine Leistungen lassen zu wünschen übrig, in sämtlichen Fächern sackst du ab, hast du eine Erklärung dafür?«

Pause. Ich sage nichts.

»Wieso bist du so unkonzentriert?« Steiner lehnt sich im Stuhl zurück, läßt mich nicht aus den Augen.

Ich senke den Blick. Was fragt er? Nie im Leben erzähle ich was. Rosalie geht ihn nichts an. Außerdem ist mir die Schule egal, wie alles hier, was also soll's?

»David.« Steiner runzelt die Stirn, mein Schweigen mißfällt ihm, das merke ich deutlich.

»Ich werde nichts sagen, kein Wort!«

Steiners Miene verdunkelt sich. »Na gut«, meint er sauer, »wir sprechen uns noch; im Augenblick kannst du gehen.«

Damit bin ich entlassen.

Endlich Nachricht von Rosalie. Wieder muß ich zu Steiner.

»Du hattest einen Anruf, David.«

Ich hebe den Kopf. »Von wem?«

»Von einer gewissen Rosalie, ich nehme an, du weißt, wer das ist?«

Schweigen. Ich sehe an Steiner vorbei.

»David, wer ist Rosalie?« Steiners Stimme ist leise und fordernd.

»Meine Schwester«, erkläre ich kurz.

Steiner zieht die Brauen hoch. »Du hast eine Schwester, das wußte ich nicht.«

Ich nicke, sage »Ja«.

»Sie sagt, du wüßtest Bescheid.«

»Hat sie nur das und nichts weiter gesagt?«

»Grüßen soll ich, natürlich.«

»Grüßen? Sonst noch was?«

»Du möchtest sie morgen anrufen, morgen mittag um zwölf.«

Ich atme auf und gehe.

Endlich ist es zwölf Uhr Mittag; ich renne zum nächsten Telephon, am Ende der Straße befindet es sich. Hastig werfe ich Münzen ein, hastig wähle ich unsere Nummer.

»Rosalie, Mensch, was ist denn nur?«

Stille. Rosalie seufzt.

»Hör mal, warum schreibst du nicht?«

»Schreiben, nein, ist zu gefährlich.«

»Wieso gefährlich, warum?«

»Tano wacht wie ein Schießhund.«

»Tano, verflucht, was ist mit ihm? Hat er dir was getan?«

Keine Antwort. Pause.

»Carmen geht bald auf Reisen, David.« Rosalie zieht die Nase hoch, ich spüre, sie hat geweint.

»Auf Reisen? Weißt du schon, wann?«

»Am ersten Tag, wenn die Ferien beginnen, drei Wochen ist sie nicht da.«

Die Ferien beginnen – das ist nicht mehr lang.

»David – ich will nicht, ich habe Angst.« Rosalie hängt den Hörer ein. Ich schlucke. Was soll ich bloß tun?

Samstagabend

Es regnet und stürmt. Ich hocke im Zimmer und grübel. Denke an nichts als an Rosalie; sehe sie wieder und wieder mit Tano, dem Mistkerl, wie er rummacht mit ihr, so, als wäre sie erwachsen. Schlecht ist mir, ich fürchte die Bilder, grübel, denke fieberhaft nach. Wie nur, wie helfe ich Rosalie?

Ich zucke zusammen, die Tür fliegt auf, Carlo erscheint mit Nelke. Nelke ist der jüngste vom Trupp, sein Gesicht entstellt eine Hasenscharte; keiner kann ihn recht leiden. Nur im Trupp, da gilt er was.

»Los!« Er kommt und packt mich am Haarschopf.

»Laß mich, Nelke, was ist?«

»Wirst du schon sehen, du Himbeerbubi.« Er schleift mich zu Carlo, dann in den Keller, Carlo folgt uns und lacht.

»Rein mit ihm in den Trockenraum.«

Im Trockenraum hockt der Rest vom Trupp, glotzt mir entgegen und grinst. Carlo krallt mich, zwingt mich zu Boden, hält mir eine Flasche Fusel hin: »Jetzt sauf mit uns, aber los!«

»Ich mag so was nicht. Warum?«

Carlo reißt mir den Kopf zurück. »Damit du endlich das Maul aufmachst, wir wollen wissen, was los ist mit dir, wieso du bei uns gelandet bist.«

Ich wehre mich, winde mich unter ihm weg. »Glaubt ihr, ich rede dann eher?«

»Das wirst du schon merken, du feiner Pinkel!« Bubi verpaßt mir eins in den Nacken, kniet sich neben mich, wartet.

Ich stöhne, es schmerzt, ich hasse den Trupp – wie nur kann ich entkommen?

Carlo schraubt die Flasche auf, hält sie mir unter die Nase.

»Los!« zischt er und knufft mich.

Die anderen grinsen und stieren mich an. »Saufen darfst du, nicht kotzen.«

Saufen – nicht kotzen – ich weigere mich. Kriege eins in die Rippen.

»Mach schon!« dröhnt Carlo und ballt die Faust, droht mir mit einem Schlag.

Ich greife die Flasche, setze sie an; schwöre im Stillen, kein Wort zu sagen, trinke den ersten Schluck.

Carlo entreißt mir die Flasche. »Mal halblang, Kleiner, jetzt erst mal wir.« Der Fusel macht die Runde.

»Los, wieder du!« fordert Carlo mich auf.

»Ich – wieso denn schon wieder?«

Meine Kehle brennt, mein Bauch ist heiß, alles beginnt sich zu drehen...

»Soll ich dir die Visage zerschlagen?«

Carlo packt mich am Ohr. Ich zwinge mich, wieder zu trinken; schlucke das elende Zeug. Jetzt gleicht mein Bauch einem lodernden Feuer, die Kehle ist mir wie zugeschnürt, dahinter drängt mich ein Würgen.

Bloß nichts sagen – das schwöre ich mir, auch wenn mir die Sinne schwinden.

»Der Kleine, guckt mal, der schluckt wie ein Profi.«

Bubis verschwommene Worte.

»Und jetzt spuck aus, was ist mit dir!« Irgendwas schmerzt, ich spüre es, Carlo verdreht mir das Ohr.

Ich beiße die Zähne zusammen. Nie im Leben sage ich was. Ich bin Robinson Crusoe.

»Schluck runter!« Schon wieder das Teufelszeug, Bubi flößt es mir ein. Ich nehme nur noch durch Schleier wahr: Bubi, die anderen und Carlos Gesicht, höre sie lachen und lästern.

»Rede! Sonst kriegst du noch mehr!«

Ich schließe die Augen und stöhne. Sage kein einziges Wort.

»Verdammter Kerl, dich machen wir klein, trink, na los, noch mehr!«

Wer macht mich klein – warum na los – noch mehr – was ist, was soll ich tun?

Ich höre Nelke, spricht er mit Hajo?

Carlo – ist er es, der brüllt?

Ich – wo bin ich – was ist nur mit mir?

Alles dreht sich, mir schwindelt wie toll.

Ein Würgen im Hals, dann kippe ich um, versinke im schwarzen Nichts.

Als ich erwache, bin ich allein. Liege im Dunkel des Trockenraums, durch das Fenster dämmert der Morgen. Ich setze mich auf, blicke mich um, mein Kopf, er dröhnt wie ein Preßlufthammer.

Ich seufze, was ist passiert?

Da fällt mir wieder der Fusel ein, Carlos Trupp, der mich ausquetschen wollte.

Habe ich etwa gequatscht? Ich versuche mich zu erinnern.

Nichts fällt mir ein, nur der elende Schnaps; verdammtes Zeug, mir ist schlecht wie nie, wieder verspüre ich ein Würgen.

Langsam versuche ich aufzustehn, falle zurück, es geht nicht.

Da höre ich plötzlich Schritte.

»Hey David, wie geht's?«

Ilona. Ich sehe sie mißtrauisch an. »Hat Carlo dich etwa geschickt?«

Sie faßt mich am Arm, schüttelt den Kopf. »Na, sag schon, fühlst du dich mies?«

Ich nicke, sie hilft mir auf. Wir setzen uns auf die Wäschebank. Verstohlen sehe ich sie an. Graue Jeans, grauer Pullover, ein blasses Gesicht mit grünen Augen, dazu das rote Haar. Irgendwas hat sie, das zieht mich an, mein Herz klopft, ich werde verlegen.

»Ilona, wo sind die anderen?«

Schweigen – sie hält mir Tabletten entgegen. »Nimm, dann fühlst du dich besser.«

Ich schlucke das bittere Zeug. Ilona steht auf, geht langsam zur Tür. »Ich will zum Kanal, kommst du mit?«
Stumm sehe ich auf und nicke.

Wir sitzen im Gras, am Ufer des Kanals, schauen ins Wasser, das blau ist und tief. Blau wie der weite Frühlingshimmel mit Wolken wie aus Watte.
»Ich weiß, was gestern los war, David.« Ilona rupft einen Grashalm aus.
»Weißt du, ob ich geredet habe? Hat Carlo dir was gesagt?«
»Kein Wort, du hast nicht gequatscht.«
Ich atme erleichtert auf.
»Der Trupp ist unheimlich sauer auf dich. Nicht wissen, was ist, das kann er nicht ab.«
Ich zucke mit den Schultern. Ilona sieht mich geradewegs an.
»Soll ich mal raten, warum du hier bist?«
»Du – du willst das raten?«
»Ich wette, du hast 'ne Schwester, David.«
Ich weiß nicht, was ich sagen soll, starre Ilona verwundert an:
»Ich eine Schwester, wie kommst du darauf?«
»Ich bin doch nicht blöd, was denkst du von mir.«
Ich wage Ilona nicht anzusehen. »Wieso, nicht blöd, was meinst du damit?«
»Knast oder Strich, das sickert durch, so was ist kein Geheimnis hier, fast jeder hat das am Hals.«
Ich schlucke.
»Und – warum denkst du, bei mir ist das nicht so?«
Ilona winkt ab. »Du bist so ganz anders; bist nicht so blöd wie die meisten hier. Trotzdem, du bist ein kaputter Typ.«
Ich hole tief Luft. »Und, was glaubst du, steckt dahinter?«
»Mensch David, Mißbrauch – was sonst.«
Ich schaue ins Blau des Wassers. Hör wie von fern die »Toteninsel«, sehe Tanos bleiches Gesicht, Rosalie, die fast nackt ist.
»Mißbrauch, na ja, wie kommst du darauf?«
»Gebranntes Kind«, grinst Ilona.

»Du?« stotter ich und werde verlegen, Ilona kennt das, hat das erlebt.

»Mein Alter«, sie reißt eine Blume aus, »mit mir und mit anderen hat er's getrieben.«

»Andern – du hast noch Geschwister?«

»Geschwister, das wär was gewesen.« Ilona seufzt. »Mein Alter war Hauswart im Kinderheim.« Ilonas Stimme ist voller Verachtung, die Augen sind voller Haß.

»Nun du«, meint sie dann, »wo ist deine Schwester, in welches Heim hat man sie gesteckt? Die blöden Idioten vom Jugendamt, Familientrennung nennen sie das, für alle Betroffenen das beste.«

»Rosalie, nein, die ist noch zu Hause, deswegen hat er mich abgeschoben, der Mistkerl von Tano, ich hasse ihn.«

Ilonas Kopf schnellt herum. »Die ist noch zu Hause, das soll ich dir glauben?«

»Genauso ist es«, ich nicke. Erzähle Ilona die ganze Geschichte, alles, vom Anfang bis heute.

Ilona ist sprachlos, sie kann es nicht glauben. »Der Typ, dieses Miststück, gehört hinter Gitter. Nichts ist schlimmer als das, was der tut, ich hätte mich beinahe umgebracht, ich hasse Kerle, die so was machen.«

»Wenn ich was sage, dann bringt er mich um.«

Schweigen. Ich grübel, was soll ich tun?

Schließlich seh ich Ilona an. »Behältst du auch alles für dich?«

»Hältst du mich für 'ne Quasseltüte?« Ilona winkt verächtlich ab, »mein Wort drauf, ich halte den Mund.«

»Danke.« Ich nicke, fühl mich erleichtert, fühl mich zum ersten Mal froh.

»Wenn was ist, ich helfe dir«, Ilona erhebt sich, fährt sich durchs Haar, geht wortlos zurück zum Heim.

Es ist soweit, die Ferien beginnen. Unruhig bin ich wie nie. Noch immer weiß ich keinen Ausweg, weiß nicht, wie ich helfen kann. Da kriege ich Post von Rosalie, sie schreibt mir eine Karte: »Carmen ist weg für drei Wochen.« Das ist alles, was Rosalie mitteilt. Mich schwindelt, ich fühle Haß in mir, hör die verfluchte »Toteninsel«, sehe die Bilder, was sich dann abspielt...

Ich renne und suche Ilona, gebe ihr die Karte zu lesen.

»Bitte, ruf bei Rosalie an, gib dich als ihre Freundin aus, dann kann ich mir ihr sprechen.«

»Mach ich«, sagt sie und nickt.

Wir laufen zum Telephon, Ilona ruft bei Rosalie an, gibt sich als ihre Freundin aus. Tano ist es, der den Hörer abhebt.

»Rosalie, nein, die ist krank«, dröhnt er. Ich höre mit, guck Ilona an. »Der ist betrunken«, flüster ich; die Stimme, die Sprache, das kenne ich. Ilonas Gesicht wird zornig. »Kann ich sie morgen sprechen?«

»Rosalie ist vom Fahrrad gestürzt, sie liegt im Bett, sie kann nicht.«

Ilona gibt nicht auf. »Wie lange muß sie denn liegen?«

Tano grollt, er wird ärgerlich. »Wie lange, wie lange? Bestimmt eine Woche.« Es klickt, dann ist es still.

»Verdammter Mistkerl, gelogen war das.«

»Gelogen, bist du dir sicher, Ilona?«

»Scharf ist der auf Rosalie, der macht mir nichts vor, so was kenne ich.«

Mein Atem stockt, ich senke den Kopf. »Scharf, wie kommst du darauf?«

»Mensch, David, 'ne Woche zu Hause, heißt eine Woche gefangen mit dem.«

Eine Woche bei Tano gefangen?

»Und – was soll ich jetzt machen?« Ich sehe Ilona an. Sie schüttelt den Kopf. »Keine Ahnung, David.« Ratlos ist sie wie ich.

Ich grübel und grübel, Stunde um Stunde, denke an nichts als an Rosalie; daran, wie ich ihr helfen kann.

Ich hasse Tano, wie nichts auf der Welt, weiß, daß er mich umbringen wird. Trotzdem, es gibt nur eines. Und dies eine werde ich tun.

»Was, du willst nach Hause?« Ilona sieht mich entgeistert an. Wir sitzen im Gras, wie schon einmal, am Ufer des Kanals.

»Du gehst in die Höhle des Löwen, David.«

Ich winke ab. »Es muß sein, Ilona.« Dann weihe ich sie ein, erkläre, was ich vorhab und wann.

»Am Freitag, da geht er zum Skat.«

»Und? Was hast du vor?«

»Ich werde ihm drohen, ganz einfach.«

»Drohen, wie denn? Was willst du tun?«

»Wenn er nicht Schluß macht, dann zeig ich ihn an; genau das werde ich sagen, Ilona.«

»Du spinnst, der Kerl macht dich kalt.«

»Freitags trinkt er, das schafft er nicht, mit Schnaps ist der lahm wie 'ne Ente.«

»Lahm wie 'ne Ente? Das glaubst auch nur du, er geht doch betrunken zu Rosalie.«

Ich schlucke und schweige; Ilona grinst schief. »Ist doch so«, meint sie verächtlich.

»Ich weiß.« Ich blicke ins Wasser. Spüre, wie mir die Angst hochkriecht, wünschte, es wäre ein böser Traum.

»Gibst du auf meine Geige acht, ich meine, wenn was passiert?«

Ilona nickt. »Na klar.«

Ich bin am Haus hinter dem Deich.

Der Himmel ist schwarz, wie auch das Meer. Kein Mondlicht, kein einziger Stern. Nur Wind und das Rauschen der Wellen. Ich blicke zum Haus, alles ist dunkel, nirgendwo ist ein Lichtschein zu sehen, auch nicht in Rosalies Zimmer. Im Schuppen schnaubt Nathan, dann ist es still; irgendwo kreischt eine einsame Möwe.

Ich denke an Steiner, der Urlaub macht, am Montag ist er zurück. Steiner, wenn der mich sehen könnte.

Ich schleiche zum Haus, schließe die Tür auf, alles ist finster, nichts rührt sich. Tano ist noch beim Skat.

Ich taste mich vor, bis hin zur Treppe, lausche, halte den

Atem an; gehe langsam die Stiege hoch. Sie knarrt, ich halte inne.

Nichts geschieht, alles bleibt ruhig. Ich schleiche weiter, hinauf in mein Zimmer, verstecke mich hinter der Tür.

Sehe zur Uhr, gleich halb elf.

Rosalie, ob sie schläft?

Vielleicht ist sie gar nicht da? Oder sie ist wirklich krank, hat Tano die Wahrheit gesagt?

Der und die Wahrheit? Nie!

Mit Carmen im Bett – dann Rosalie streicheln, schon wird mir wieder schlecht. Tano, wirklich, den hasse ich, Mistkerl der, den lasse ich hochgehn...

Ich schrecke auf, die Haustür. Tano kommt, er summt ein Lied, macht Licht und geht in die Küche. Wie immer sucht er im Kühlschrank nach Schnaps. Flucht und brummt: »Verdammt, nichts da«, trabt durch den Flur zur Treppe. Langsam steigt er die Stiege herauf, ich merke am Gang, er ist betrunken, noch immer summt er sein Lied.

Ich linse durch den Türspalt. Wage keinen Atemzug; wenn Tano mich hört, ist alles aus.

Tano, ein Glück, bemerkt mich nicht, er wankt vorbei ins Atelier, sucht nach was zu trinken. Gießt sich Schnaps ein, danach folgt Stille; furchtbare Stille, sie macht mir Angst.

Ist Rosalie etwa hier oben? Schläft sie im Atelier? Ist Tano dabei, sich auszuziehen, macht er schon mit ihr rum?

Da plötzlich ertönt die »Toteninsel«, ich fahre zusammen, gepackt von Angst, sehe Tano mit offenem Hemd, mit wirrem Haar und bleichem Gesicht, er beugt sich über das Geländer. »Rosalie, Häschen, bist du schon wach?«

Rosalie – Häschen – ich sehe rot, stürze aus meinem Versteck.

»Laß die Finger von Rosalie, sonst zeig ich dich an, du elendes Schwein!«

Tano steht wie vom Donner gerührt, er blinzelt, als wenn er nicht richtig sieht, sein bleiches Gesicht ist entstellt. Dann treibt ihm die Wut das Blut in den Kopf. »Verfluchter Bengel, was tust du hier!« Er stiert mich an, springt auf mich zu, ich schnelle zur Seite, werfe mich hin; erkenne, wie Tano den Halt verliert; ein Schrei, dann stürzt er vornüber. Poltert die steile Stiege hinab, unten im Flur bleibt er reglos liegen. Kein Laut, es ist still, er rührt sich nicht mehr.

Ich stiere nach unten, wo Rosalie steht. Sie sieht mich und schlägt die Hand vors Gesicht.

»Jetzt hast du Tano umgebracht!« Weinend läuft sie davon.

Tano – ich habe ihn umgebracht? Eine eisige Faust umklammert mein Herz. Tano tot? Das wollte ich nicht...

Rosalie helfen, das hatte ich vor. Niemanden umbringen, ich doch nicht!

Jetzt ist alles zu Ende.

Ich taumel ins Bad, beguck mich im Spiegel. »Du – du hast Tano umgebracht!« Das sagt mir mein starres Gesicht.

Ich weiß von Carmens Schlaftabletten. »Schweres Kaliber«, so sagte sie mal.

Ich wühle, suche überall rum; finde sie, stecke sie ein. Dazu den Rest von Tanos Schnaps; so fliehe ich, stürze hinaus in die Nacht, haste durchs Dunkel die Straße entlang, der erste Zug geht um vier Uhr zwanzig, ich müßte es schaffen, im Heim zu sein, lange bevor es Frühstück gibt; noch sind Ferien, mein Glück. Frühstück ist auf halb neun gesetzt – bis dahin ist alles vorbei...

Ich stolper und falle, raffe mich auf; Tano tot – das wollte ich nicht! – Rosalie helfen, das hatte ich vor! Jetzt ist alles vorbei... Carmen, sie haßt mich, sie mochte mich nie...

Rosalie hab ich für immer verloren, und alles nur, weil ich ihr helfen wollte! Jetzt – jetzt bleibt mir nichts!

Ich denke an Ludwigs Gesicht in den Wolken; nicht lange, dann werde ich bei ihm sein; bald ist mit allem Schluß!

Ich haste die dunkle Straße entlang, nehme im stillen von Rosalie Abschied, Rosalie, meine Schwester!

Ich hocke im Zug, im leeren Abteil. Kalt ist mir, es stinkt nach Rauch, ich fühle mich einsam wie nie. Alles ist verloren.

Erst Ludwig, dann Silvi, die alten Tanten – Rosalie, was sie wohl macht? Wird sie mich immer hassen?

Ich trinke von Tanos Schnaps. Ekliges Zeug – obwohl, mir wird warm.

Ich denke an Pfarrer Simon. Dem Pfarrer, dem muß ich schreiben, der soll sich um Rosalie kümmern. Und dann, Ilona, sie kriegt meine Geige; den Kasten mit den versteckten Heften; schweigen wird sie, das hat sie versprochen. Ich seufze und blicke ins Schwarze des Himmels, trinke, spüre Feuer im Bauch. Grinse, starre mein Tagebuch an.

Später wollte ich Bücher schreiben, später, wenn ich erwachsen bin...

Später, von wegen, das gibt es nicht mehr. David Asmus – das war mal...

Mich friert, ich taste nach Carmens Tabletten, noch muß ich warten, ich schlucke Schnaps.

Plötzlich wird alles leicht.

Alles verschwindet in sanftem Nebel.

Novembernebel, war es nicht so? – Damals, als Ludwig nicht wiederkam? Ich schaue zur Uhr, noch eine Stunde, dann habe ich es geschafft... Bald bin ich am Wasser, mit Tabletten im Bauch.

David? – Der ist von der Brücke gestürzt. – So wird es später dann heißen.

Von mir aus – ich grinse, die können mich mal; jetzt ist mir alles egal; nur eines gibt es, das zählt.

Ich bin Robinson Crusoe.

Ich brauche niemanden.

Nicht einmal Freitag, nein, nicht einmal den...

Carola Mohn lehnte sich in ihrem Sessel zurück, sie schloß müde die Augen.

Das war also Davids Geschichte. Das war es, was sich hinter allem verbarg. Einsamkeit – Isolation – Angst.

Und jetzt? Jetzt lag der Junge im Krankenhaus. Lag dort, weil er einen Ausweg gesucht hatte. Einen Weg aus seiner Hilflosigkeit, seinem Schuldgefühl, seinem Schweigen.

Carola seufzte. Langsam erhob sie sich, knipste die Stehlampe an und begab sich in die Küche. Dort nahm sie ein Glas und mischte sich ein Getränk aus Whisky und gekühlter Cola, sie brauchte eine Erfrischung. Nachdenklich kehrte sie ins Wohnzimmer zurück und zündete sich eine Zigarette an. So saß sie rauchend mit angezogenen Beinen in ihrem Sessel und sann über David Asmus nach.

Wie mußte der Junge sich fühlen?

Carola saß noch immer grübelnd da, als ihr Mann unversehens im Zimmer stand. Sie schreckte hoch, sein Kommen hatte sie nicht bemerkt.

»Hallo!« Er kam auf sie zu, küßte sie flüchtig auf die Stirn und ließ sich ihr gegenüber in die Sofaecke fallen.

»Was gibt's, du wirkst so nachdenklich?«

»Neuigkeiten.« Carola sah ihren Mann vielsagend an.

»Neuigkeiten? Interessant. Und?«

»Ich habe die Wahrheit über David Asmus.«

Überrascht zog ihr Mann die Brauen hoch: »Nicht möglich. Woher hast du sie?«

»Ich habe seine Tagebücher«, meinte Carola Mohn und sah zu, wie ihr Mann sich seine Pfeife zu stopfen begann: Schließlich wies er auf die Hefte, die zerstreut auf dem Tisch lagen.

»Wie bist du an sie gekommen?«

»Durch Zufall.«

»Und, was wirst du jetzt tun?«

»Ein Ermittlungsverfahren gegen Davids Stiefvater einleiten, und zwar schnellstens.«

Einen Augenblick herrschte Schweigen, so daß nichts zu hören war als das Ticken der Standuhr und der zögernde Ruf eines Vogels, der seine Nachtruhe nicht fand.

»Es stimmt also, was dieses Mädchen angedeutet hat? Ich meine, die Mißbrauchgeschichte?«

Durch den blauen Dunst seines Pfeifenqualms blickte ihr Mann sie prüfend an. Carola nickte, ihr Gesicht zeigte ein bitteres Lächeln. »Ja, leider Gottes. Aber ich habe ohnehin nicht daran gezweifelt, so etwas, das erfindet man nicht, schon gar nicht ein Junge, jedenfalls in der Regel nicht.«

»Und – wie willst du nun an die Schwester kommen? Du brauchst das Mädchen doch als Zeugin.«

Carola setzte sich auf, abwesend betrachtete sie die Ringe an ihren Fingern. »Ich werde mir vom Vormundschaftsgericht eine Aussagegenehmigung einholen, dann kann die Mutter nichts machen, Rosalie wird verhört.«

Carola verstummte, drückte noch einmal ihre Zigarette aus, von deren Glutrest sich sachter Rauch kräuselte.

»Und was wird mit dem Jungen?« Ihr Mann begann, in einem der Hefte zu blättern.

»Mit David? Er muß unbedingt wissen, daß seinem Stiefvater nichts passiert ist.«

»Wieso nichts passiert? Was meinst du damit?«

»Der Junge befindet sich in dem Glauben, sein Stiefvater lebe nicht mehr«, antwortete Carola. Auf den Blick ihres Mannes winkte sie ab. »Ich kann dir unmöglich alles erklären, aber es ist so, David denkt, Tano Asmus sei tödlich verunglückt.«

»Tödlich verunglückt?« Ihr Mann schob das Heft von sich und lehnte sich wieder zurück in die Sofaecke.

»So ist es. Ich hoffe und wünsche allerdings, das sich die Sache zum Guten wendet... Immerhin lebt David, ist mit viel Glück davongekommen.«

»Gewiß.« Plötzlich erhob sich ihr Mann. »Ich möchte noch an die Luft, Carola, kommst du mit?«

»Gern.«

Arm in Arm verließen sie das Haus, traten ins Dunkel der Nacht.

»Wenn ich nur wüßte, wo Rosalies Großeltern zu finden sind.« Carola legte den Kopf an die Schulter ihres Mannes. Er blickte sie von der Seite her an. »Kannst du die Sache nicht ruhen lassen? Ich mag jetzt nichts mehr hören davon.«

»Natürlich – entschuldige.«

Schweigend schritten sie unter den Linden bis zum Ende der Straße; schweigend kehrten sie um, gingen zurück zum Haus, dessen erleuchtete Fenster einladend in die Nacht schienen. Wenig später verlöschten die Lichter, das Haus blieb dunkel, nichts rührte sich mehr.

Früh im Morgengrauen erwachte Carola Mohn. Einen Augenblick lauschte sie dem ruhigen Atem ihres Mannes, dann erhob sie sich, warf ihren Bademantel über und begab sich unbemerkt in die Küche. Sie mußte unbedingt noch einmal in Davids Tagebuch einsehen, die wichtigsten Begebenheiten wollte sie im Kopf haben, schon wegen Staatsanwalt Reinert. Wie sonst sollte sie ihn von der Dringlichkeit eines Ermittlungsverfahrens gegen Tano Asmus überzeugen; sicher hatte Reinert nicht die Zeit, sich sofort in Davids Tagebuch zu vertiefen. Und dann brauchte sie in jedem Fall eine Aussagegenehmigung für Rosalie, ohne die war nichts zu machen.

Nachdem Carola ihre Lektüre beendet und gefrühstückt hatte, kleidete sie sich an und weckte ihren Mann, bevor sie sich früher als gewohnt auf den Weg zum Polizeirevier machte. Vor dem Dienstgebäude traf sie auf Oberkommissar Leinert.

»Guten Morgen, Carola, wie geht's? Was ist mit dem Fall Asmus?«

»Du wirst es nicht glauben«, erwiderte sie kurz, »eine ganz dicke Sache ist das.«

»Also stimmte die Behauptung dieser Ilona Becker?«

»Nicht nur das«, Carola nickte, »der Junge hat versucht, sich das Leben zu nehmen.«

»Hab ich mir fast gedacht.« Leinert machte ein ernstes Gesicht, »Sprung ins kalte Wasser – wie?«

»Ganz recht«, die Beamtin seufzte. »Der Schnaps hat ihm

jedoch das Leben gerettet, so merkwürdig das klingt: David ist zur falschen Zeit von der Brücke gesprungen.«

»Der Schnaps und das verdammte Wetter«, bestätigte Leinert, »in diesem Fall war beides sein Glück.«

»Glück? Ich weiß nicht recht, noch ist die Sache nicht vergessen.«

Leinert legte seiner Kollegin die Hand auf die Schulter. »Du wirst das schon machen«, lächelte er.

»Wenn du meinst.« Die Augen der Beamtin streiften Leinert zweifelnd, »wir werden ja sehen«, fügte sie abschließend hinzu. Ein kurzer Gruß, dann gingen die beiden ihrer Wege; jeder strebte seinem Dienstzimmer zu.

Dort angekommen, versuchte Carola sofort, Staatsanwalt Reinert zu erreichen. Sie hatte Erfolg, er meldete sich persönlich.

»Guten Morgen, hier Carola Mohn.«

»Hallo, Carola, was gibt es zu so früher Stunde?«

»Hätten Sie irgendwann Zeit für mich, es ist dringend.«

»Moment«, der Staatsanwalt prüfte seinen Terminkalender.

»Wenn es sehr dringend ist, kommen Sie doch gleich. Ich habe erst um elf Uhr einen Gerichtstermin.«

»Wunderbar, in einer halben Stunde bin ich bei Ihnen.« Die Beamtin hängte den Hörer ein und blickte eine Weile gedankenverloren vor sich hin. Dann traf sie die erforderlichen Maßnahmen, um das Ermittlungsverfahren gegen Tano Asmus einzuleiten; sie mußte diesen Mann vorladen, so schnell wie möglich.

Eine halbe Stunde später saß die Beamtin Staatsanwalt Reinert gegenüber in dessen Büro. Unaufgefordert legte sie Davids Tagebücher auf den Schreibtisch.

»Was haben Sie da mitgebracht?« Reinert zog die Brauen zusammen.

»Beweismaterial«, entgegnete sie, »wir müssen ein Ermittlungsverfahren gegen einen gewissen Tano Asmus einleiten.« Der Staatsanwalt betrachtete die Hefte, sagte jedoch nichts.

»Diesem Mann wird schwerer Mißbrauch angelastet«, fuhr Carola Mohn fort, »er hat sich an seiner Stieftochter vergangen, jahrelang, Rosalie ist eben erst zehn.« Sie hielt inne und sah Reinert abwartend an. Der Staatsanwalt schwieg weiterhin, forderte sie jedoch mit Blicken auf, ihren Bericht fortzusetzen.

»Das Mädchen«, meinte sie eindringlich, »steht unter starkem psychischem Druck; ebenso ihr Bruder, er hat versucht, sich das Leben zu nehmen.« Wieder hielt Carola Mohn inne, zündete sich eine Zigarette an, dann sprach sie über die Einzelheiten des Falles Asmus. »Übrigens«, schloß sie ihre Ausführungen, »irgendwelche Ermittlungen sind nicht mehr notwendig. Lesen Sie... Diese Tagebücher stehen für sich, Sie finden alles darin aufgezeichnet.«

Reinert nickte. »Wissen Sie, wo dieser Mann zur Zeit ist?« fragte er, in Davids Heften blätternd.

»Soviel ich weiß, befindet er sich mit seiner Frau auf Reisen; er wollte sie während ihrer Konzerte begleiten.«

»Also gut, Carola, sehen Sie zu, daß Sie ihn ausfindig machen. Und«, fügte er rasch hinzu, »holen Sie sich vom Vormundschaftsgericht eine Aussagegenehmigung für dieses Mädchen, diese Rosalie. Wenn Sie sie haben, werden wir eine richterliche Einzelvernehmung ansetzen; das scheint mir in diesem Fall angebracht.«

»Ist schon erledigt«, meinte die Beamtin. »Die Aussagegenehmigung habe ich bereits beantragt.«

»Sehr gut«, Reinert warf ihr einen anerkennenden Blick zu, »was glauben Sie, wann werden Sie das Mädchen aufsuchen?«

»Ich denke, in ein, zwei Tagen werde ich wissen, wo sich Rosalie aufhält. Sie befindet sich zur Zeit bei ihren Großeltern. Wo die allerdings wohnen, darüber wollte mir die Mutter keine Auskunft geben.«

»Nun ja«, der Staatsanwalt erhob sich, »gehen Sie in der Angelegenheit so vor, wie Sie es für richtig halten, Carola. Wenn es dann soweit ist, rufen Sie mich an. In Ordnung?«

»Werde ich tun«, auch die Beamtin stand auf; zusammen gingen sie zur Tür.

»Also dann, viel Glück«, meinte Reinert.

»Danke, ich werde mein Bestes tun«, erwiderte Carola Mohn. Eilig verließ sie das Büro des Staatsanwaltes, es gab eine Menge zu erledigen; sie mußte zurück zum Revier.

Vor dem Polizeigebäude lief ihr Kommissar Lösener von der Kripo über den Weg.

»Carola, gut, daß ich dich treffe. Wie steht's mit dem Fall Asmus?«

»Eine dicke Sache«, entgegnete sie, »schwerer Mißbrauch. Dieser Junge ist der Bruder des Opfers, er hat versucht, sich das Leben zu nehmen. Du weißt ja, Jungen können eine solche Sache nur sehr schwer verkraften.«

Lösener nickte. »Verdammte Geschichte. Irgendwie tut mir dieser David leid.«

»Was hilft's«, seufzte Carola Mohn, »es ist ja nicht das erste Mal, daß uns so etwas unterkommt.«

»Leider«, Lösener wandte sich zum Gehen. Gemeinsam mit seiner Kollegin betrat er das Dienstgebäude.

»Wir sehen uns noch«, flüchtig hob er die Hand zum Gruß.

»Bis dann«, sagte Carola Mohn, mit schnellem Schritt verschwand sie in ihrem Dienstzimmer. Sobald alles erledigt war, wollte sie ins Krankenhaus, David mußte unbedingt aufgeklärt werden, er mußte wissen, daß es seinem Stiefvater gut ging.

Als die Beamtin gegen Mittag Station II des Städtischen Krankenhauses betrat, kam ihr Dr. Johann entgegen. Mit wehendem Kittel steuerte er auf sie zu.

»Da sind Sie ja«, meinte er, »ich habe schon den ganzen Morgen versucht, Sie zu erreichen.«

»Tut mir leid, ich war in Sachen David Asmus unterwegs«, entschuldigte sich die Beamtin. Der Arzt schob sie in die Besucherecke.

»Setzen wir uns«, meinte er. Carola sah den Doktor abwartend an.

»Ich habe nichts aus dem Jungen rauskriegen können«, fuhr er kopfschüttelnd fort, »nicht ein einziges Wort; ein merkwürdiger Fall, wirklich.«

Carola nickte kaum merklich. »Dafür, Dr. Johann, weiß ich um so mehr.«

»Sie wissen etwas? Woher, wer hat Ihnen über den Jungen erzählt?«

»Niemand«, erklärte die Beamtin, »ich bin an Davids Tagebücher geraten, durch Zufall: eine aufschlußreiche Lektüre, wie Sie mir glauben dürfen.«

»Aufschlußreich? Inwiefern?«

»In der Sache ist Mißbrauch im Spiel, Dr. Johann. David hat eine Schwester, gerade zehn, der Stiefvater hat sie jahrelang sexuell…«

»Verstehe«, unterbrach sie der Arzt, »deshalb auch der Suizidversuch, nicht wahr?«

»Richtig«, erwiderte Carola Mohn, »eben deshalb.«

»Der Junge«, fuhr Dr. Johann nachdenklich fort, »wird er zurück in dieses Heim müssen?«

»Ich fürchte, es bleibt ihm nichts anderes übrig.«

»Das wird nicht gut sein für ihn…«

»Ich weiß«, meinte die Beamtin mit einer Spur von Resignation in der Stimme, »aber wissen Sie etwas anderes?«

Der Doktor schüttelte den Kopf. »Nein, natürlich nicht. Ich vermute nur, daß sich seine Situation nicht einschneidend ändert, am Ende startet er einen zweiten Versuch.«

»Auszuschließen wäre das nicht«, erwiderte Carola Mohn.

Dr. Johann schaute zur Uhr. »Wollen wir hoffen, daß alles gut verläuft.« Er stand auf und trat ans Fenster. »Wann wird denn der Prozeß stattfinden?«

»Wohl kaum vor einem halben Jahr, denke ich.«

Der Arzt nickte abwesend. »Ich muß noch einmal auf David zurückkommen. Hat der Junge niemanden, der ihn aufnehmen könnte? Keine Verwandten, keine Freunde?«

Carola schüttelte den Kopf. »Ich fürchte nein. Der Junge ist unehelich; Angehörige hat er nicht, außer der Mutter natürlich, aber die will von ihrem Sohn nichts wissen. Und Freunde – ist mir nicht bekannt.«

»Ein Trauerspiel, finden Sie nicht?«

»Das kann man wohl sagen«, meinte Carola. Dann sah sie zur Tür.

»Ob der Junge wach ist?«

»Gehen Sie nur zu ihm, ich bin gespannt, wie er auf Sie reagiert.«

»Ich auch«, Carola stand auf. Leise öffnete sie die Tür zu Davids Zimmer.

Der Junge lag wach. Wie schon beim letzten Mal blickte er der Beamtin entgegen, seine Augen waren voller Mißtrauen.

»Hallo, David, wie geht es Dir?«

Nichts. Der Junge blieb stumm. Mit Abwehr verfolgte er, wie Carola sich einen Stuhl ans Bett zog und sich setzte.

»Ich bin nicht einfach so gekommen, David. Ich habe dir etwas Wichtiges mitzuteilen.«

Stille. Kein Wort. Kein fragender Blick. Statt dessen wandte David den Kopf beiseite, wich so ihren forschenden Augen aus.

»Interessiert dich nicht, wie es Tano Asmus geht?«

Der Kopf des Jungen schnellte herum, angstvoll starrte er die Beamtin an.

»Du kannst beruhigt sein, deinem Stiefvater geht es gut. Zur Zeit ist er mit deiner Mutter auf Reisen, begleitet sie während ihrer Konzerte.«

Für Sekunden hellte sich Davids Gesicht auf; dann verdunkelte sich sein Blick, und die Angst kehrte zurück.

»Wie kommen Sie darauf, mir von Tano zu erzählen?« fragte er mißtrauisch.

Carola Mohn lächelte. »Sagte ich dir nicht, daß ich nie aufgebe?«

Schweigen. Nichts an David ließ eine Reaktion erkennen.

»Kannst du dir nicht denken«, fuhr sie schließlich fort, »daß ich Nachforschungen angestellt habe? Man hat dich bewußtlos aufgefunden. Glaubst du, ich lasse so etwas auf sich beruhen? Wozu habe ich denn meinen Job?«

Der Junge schluckte, stumm biß er sich auf die Lippen.

»Bei meinen Ermittlungen bin ich natürlich auf Tano gestoßen.«

Wieder wandte David den Kopf beiseite. Ein leichter Seufzer, das war alles, was hörbar wurde.

»Ich bin auch auf Rosalie gestoßen!«

David schloß die Augen. Carola Mohn entging nicht, wie er heftig zu atmen begann.

»Ich weiß über alles Bescheid«, sagte sie nach einer Weile.

Augenblicklich schoß tiefe Röte ins Gesicht des Jungen; seine Hände umkrampften die Bettdecke.

»Hör mal«, meinte Carola Mohn leise. »Ich weiß, du warst und du bist in einer schrecklichen Situation, David. Aber Schweigen, nein, das darf man in solchen Momenten nicht, das ist das Schlimmste, was man tun kann.« Einen Augenblick hielt sie inne, dann fügte sie eindringlich hinzu, »Mißbrauch ist eine furchtbare Sache, sie darf nicht verschwiegen werden, auf keinen Fall! Sonst nimmt sie nie ein Ende, verstehst du das?«

David drehte der Beamtin das Gesicht zu, seine Augen schauten verloren ins Leere.

»Denke dir, die Sache mit Rosalie und Tano würde kein Ende finden, David, das wäre doch schrecklich, oder?«

Zum ersten Mal zeigte der Junge eine schwache Regung. Er nickte.

»Ich bin wirklich froh, daß die Sache aufgedeckt ist, schon wegen deiner Schwester. Und natürlich auch deinetwegen. Du weißt, David, die Opfer von heute sind oftmals die Täter von morgen, so seltsam das für dich klingen mag.«

David holte tief Luft. Dann fragte er: »Weiß Rosalie, daß Tano lebt?«

»Noch nicht, ich muß sie erst finden.«

»Wieso finden?« Wieder zeigte sein Gesicht Mißtrauen, »ist sie fort?«

»Sie ist bei ihren Großeltern, vorübergehend jedenfalls, bis Tano von seiner Reise zurück ist. Aber jetzt ist ja alles anders, jetzt muß neu entschieden werden.«

Wieder nickte der Junge. »Wissen Sie, wo Rosalies Großeltern wohnen?« fragte er kaum hörbar.

»Nein, weiß ich nicht. Aber vielleicht magst du es mir sagen?« David fuhr sich mit der Hand über die Stirn, offensichtlich hatte er Kopfweh. »Sie wohnen ziemlich weit«, meinte er zögernd. Dann erklärte er, wo seine Schwester zu finden war. »Rosalie haßt mich«, fügte er bedrückt hinzu. »Sie denkt, ich hätte...« Betroffen verstummte er.

»Rosalie denkt, du hättest Tano die Treppe hinuntergestoßen, nicht wahr?«

Mit einem Ruck setzte David sich auf. Alles Blut war aus seinem Gesicht gewichen. »Woher wissen Sie das?« stieß er heiser hervor.

Carola schwieg. Schlagartig wurde ihr bewußt, welch schwerwiegenden Fehler sie begangen hatte. Was sollte sie jetzt antworten?

Der Junge starrte sie an, in seinen Augen lag deutliche Feindseligkeit. »Sie haben mein Tagebuch gelesen. Sie müssen es gelesen haben, sonst wüßten Sie nichts davon!«

»David – ich mußte es lesen. Wie sonst hätte ich die Wahrheit herausfinden sollen? Es gab keine andere Möglichkeit.«

»Keine andere Möglichkeit?« Davids Stimme verriet tiefe Enttäuschung, »darum geht es überhaupt nicht. Ilona, sie hatte mir ihr Wort gegeben.«

»Laß Ilona aus dem Spiel«, unterbrach ihn Carola, »sie hat dir helfen wollen, nichts weiter. Wäre sie nicht gewesen, tappten wir immer noch im Dunkeln. Vor allem, was die Geschichte mit deinem Stiefvater anlangt.«

»Das glaube ich nicht. Sie hätten ihn auch so gekriegt.«

»Da bin ich mir nicht so sicher. Wenn keiner den Mund aufmacht, niemand aussagt, was soll ich dann tun?«

»Trotzdem«, murmelte der Junge, »Ilona hat mich verraten.«

»David! Ich sage dir noch einmal, wäre sie nicht gewesen,

hätte keiner dir helfen können – auch ich nicht. Nicht einmal deine Mutter hat zugelassen, daß ich mit irgend jemandem rede. Nicht mit Tano, nicht mit Rosalie. Sie blockte völlig ab. So etwas, das kenne ich, da ist nichts zu machen. Im übrigen, David, du bist ihr vollkommen gleichgültig.«

»Ich weiß«, flüsterte der Junge. Dann verfiel er ins Grübeln.

»Versprich mir, daß du Ilona nichts nachträgst«, Carola reichte David die Hand, »wirklich, ich bitte dich ernsthaft darum.«

David seufzte, seine Augen glitten unruhig durch den Raum. »Gut«, meinte er schließlich, »ich verspreche es.«

»Ich danke dir«, Carola schien erleichtert, den traurigen Blick des Jungen überging sie. »Kann ich dir mit irgend etwas eine Freude machen; ich meine, hast du an etwas Spaß, das ich dir mitbringen könnte?«

David sah zur Decke. »Nein.«

Daß er zu Rosalie wollte, zu den Großeltern, wo er sich sicher fühlte, davon sagte er nichts. Die Oma, das hatte er nicht vergessen, wollte ihn nicht. Früher einmal hatte sie es gesagt; warum sollte sich das geändert haben?

»Fällt dir wirklich nichts ein?« fragte Carola noch einmal.

Der Junge überhörte ihre Frage. Statt dessen meinte er: »Wenn ich wieder gesund bin, muß ich dann zurück in Steiners Heim?«

»Ich denke schon, David. Aber ich glaube, jetzt werden dich alle mögen. Bestimmt. Es wird alles gut.«

Carola erhob sich und ging zur Tür. »Zum letzten Mal, David, fällt dir nichts ein?«

»Doch«, der Junge nickte, »bitte, grüßen Sie Rosalie. Sie soll mir nicht böse sein.«

»Ich sage es ihr«, versprach Carola. Nachdenklich zog sie die Tür hinter sich ins Schloß.

Wenn ich David nur helfen könnte, dachte sie. Dann begab sie sich zum Polizeirevier. Die Geschichte bedrückte sie, der Fall Asmus mußte so rasch wie möglich aufgeklärt werden.

Die Untersuchungen wurden eingeleitet, nahmen ihren üblichen Lauf…

Rosalie wurde verhört, in richterlicher Einzelvernehmung, so wie es Staatsanwalt Reinert mit Carola Mohn abgesprochen hatte. Sie belastete ihren Stiefvater schwer. Tano Asmus bestritt die Beschuldigungen, die gegen ihn erhoben wurden. Unterstützt wurde er darin von seiner Frau. Carmen Asmus stellte sich auf die Seite ihres Mannes, Rosalies Behauptungen tat sie als Lügen ab. Die Wahrheitsfindung also würde erst der Prozeß bringen. Der war für die letzte Woche des Oktober anberaumt. Alle erwarteten ihn. Auch David, wie es schien. Ihn hatte man nach seiner Genesung wieder in Steiners Heim untergebracht. Wortkarg und in sich gekehrt ging er seiner Wege. Bis sich etwas ereignete, das der ganzen Angelegenheit eine unvorhergesehene Wende brachte. Sie führte dazu, daß ich Davids Tagebücher in die Hände bekam. Das war an jenem kalten, sonnenlosen Oktobertag, an dem ich meine Freundin aufsuchte. Fast ein Jahr war seither vergangen. Nun war September, ein warmer, blaßblauer Spätsommertag.

Wie lange war ich nicht draußen gewesen! Wie lange hatte ich über Davids Geschichte gesessen, sie in vielen Stunden niedergeschrieben! Der Junge war mir vertraut wie niemand sonst. Heute nun würde ich ihm endlich begegnen, würde erfahren, wie es ihm geht. Oft hatte ich mir diese Frage gestellt. Endlich sollte ich Antwort erhalten, meine Freundin wollte mich zu ihm bringen, sie hatte es versprochen.

Wie damals im Oktober öffnete ich die Gartenpforte, wie damals stand meine Freundin vor der Haustür und erwartete mich. Diesmal trug sie kein Schwarz.

»Deine Geschichte ist fertig?«

»Sonst wäre ich nicht gekommen.«

»Natürlich«, sie faßte mich unter. »Komm«, meinte sie und wies auf ihr Auto.

»Wir fahren?«

Sie nickte. »Steig ein.«

In Gedanken an David fuhren wir schweigend stadtauswärts.

Passierten Wiesen und braune Stoppelfelder, erreichten schließlich den Wald, durch den sich das glitzernde Band des Kanals seinen Weg bahnte.

»Wir sind da.« Meine Freundin hielt und stieg aus.

Ich sah sie an, zweifelnd. Hier sollten wir David treffen? Wieder faßte sie mich unter, führte mich wortlos zur Böschung des Deiches, bewachsen war er mit wilden Sträuchern.

»Zur Brücke.« Meine Freundin schob mich vor.

»Zur Brücke?« Eine Ahnung beschlich mich.

»Ja.«

Wir liefen ein Stück den Deich entlang. Bis wir sie erreichten, die hohe Brücke mit dem blauen Geländer. Meine Augen glitten hinauf, streiften von dort zum blinkenden Wasser weiter über die geteerten Steine, mit denen der Deich befestigt war. Und ich erkannte: Einer war anders, er unterschied sich von allen. Gezeichnet war er, bemalt mit einem weißen Kreuz und dem Namen David.

Betroffen sah ich auf, begegnete dem Blick meiner Freundin, die nickte.

»Setzen wir uns.« Sie ließ sich im Gras nieder.

Ich tat es ihr nach, weiterhin schweigend. Plötzlich kam mir ihre Kleidung in den Sinn, die sie an jenem Oktobertag getragen hatte. »Deine schwarze Kleidung damals, war es deswegen?«

»Ja, deswegen.« Sie schaute auf das Wasser.

»Warum?« Ich suchte ihren Blick.

»Warum?« Sie wandte mir ihr Gesicht zu, »es gab wohl viele Gründe.« Sie hielt inne. Ich wartete, bis sie mir alles erzählte.

»Nachdem David aus dem Krankenhaus entlassen war«, begann sie schließlich, »klammerte er sich mit aller Macht an Ilona. Wie eine Klette hing er an ihr, mit jeder Faser seines Herzens. Sie war die einzige, die er hatte, die einzige, die ihn verstand, wie David glaubte.«

»Hatte er ihr verziehen?« warf ich ein, »ich meine, die Sache mit den Tagebüchern?«

»Ich meine schon. Aber Ilona war selbst Mißbrauchopfer, sie

konnte ihm nicht helfen, konnte ihn nicht auffangen. Nicht mit fünfzehn Jahren; Ilona verfügte nur über begrenzte Kraft, sie hätte selbst einen Therapeuten gebraucht.«

Meine Freundin schwieg und zündete sich eine Zigarette an. Dann setzte sie ihren Bericht fort. »Es kam, wie es kommen mußte: David wurde Ilona lästig. Allein durch seine Anwesenheit wurde sie ständig an ihre eigene schreckliche Geschichte erinnert, die ganz sicher Spuren hinterlassen hatte. Am Ende wurde es ihr zuviel, sie löste sich von David und wandte sich wieder Carlo zu. Carlo, der den Starken, den Unproblematischen mimte.«

»Das muß ein Schlag für David gewesen sein.«

»Und was für einer! Zumal er glaubte, nach seinem Unfall würde alles besser, vor allem im Heim. Dem war jedoch nicht so, nichts dort änderte sich, nicht das geringste. Diese Erkenntnis, daß sich für ihn nichts geändert hatte, sich nie etwas ändern würde, hat dem Jungen den letzten Lebenswillen genommen.«

Ich nickte und sah zu, wie meine Freundin ihre Zigarette abwesend ausdrückte.

»Wie sagte David doch immer? Ich bin Robinson Crusoe. Ich brauche niemanden...« Sie schüttelte den Kopf. »Das stimmte nicht, David brauchte jemanden, mehr als manch anderes Kind.«

Eine Weile schauten wir gedankenverloren auf das schillernde Wasser.

»Was war mit dem Prozeß gegen seinen Stiefvater?« fragte ich schließlich.

»Der stand unmittelbar bevor.«

»Hatte David Angst davor?«

»Ich bin mir ziemlich sicher. Er hatte ungeheure Begegnungsängste. Der Prozeß hätte ihm alles noch einmal vor Augen geführt... Den Stiefvater, den er haßte, die Mutter, die nichts von ihm wissen wollte, und Rosalie, zu der er keinen Zugang mehr hatte. Alles Menschen, die ihn in irgendeiner Form im Stich gelassen hatten.«

»Hätte man David denn helfen können?«

»In gewisser Weise schon. Jedenfalls glaube ich das.«

»Was aber hätte man tun können?«

»Man hätte versuchen sollen, David anderswo unterzubringen. Irgendwo, wo er ein wenig Geborgenheit, ein bißchen Liebe erfahren hätte. Trotz aller Widerstände hätte man massiver vorgehen müssen.«

»Massiver – gegen wen?« fragte ich leise.

»Ganz sicher als erstes gegen das Jugendamt. Dort blockt man immer ab. Jeder Änderungsvorschlag wird abgelehnt, in den meisten Fällen. Was einmal beschlossen ist, daran wird nicht mehr gerüttelt, und wenn sonst was auf dem Spiel steht.«

»Ich weiß«, nickte ich, »habe davon gehört.«

»Und in Davids Fall«, fuhr sie seufzend fort, »war ohnehin alles klar. Mit Einverständnis der Eltern war der Beschluß gefaßt worden, den Jungen in ein Heim einzuweisen. Nie im Leben hätte die Beamtin sich eines anderen besonnen, nie im Leben hätte sie David irgendwo anders untergebracht; nicht die.«

Ich blickte meine Freundin an.

»Es ist schon irgendwie merkwürdig«, sagte sie mit kaum hörbarer Stimme, »dieser David war dem Leben gegenüber so mutlos. Aber dann schaffte er es, sich von einer Brücke in die Tiefe zu stürzen. Welch ein Mut gehört zu einem solchen Entschluß, welch ein ungeheurer Mut, sein Leben einfach auszulöschen. Diesmal hatte er keinen Alkohol getrunken.«

Abwesend schaute die Freundin in die Ferne. Dorthin, wo der Himmel über dem dunklen Wald sich golden zu färben begann.

»Aber«, meinte sie dann, »was können wir schon tun? Täglich sind Tausende von Kindern Gewalt und Macht ausgesetzt, werden zu Opfern von Erwachsenen, ohne sich wehren zu können. Manche überleben, andere nicht. Lauschen müssen wir, hören auf die Stummen, die Schweigsamen. Ihre Signale heißt es zu erkennen. Dann ließe sich manches verhindern, glaube ich, ganz sicher zum Beispiel ein Ende, wie es David widerfahren mußte. Er war einer von den Schweigsamen, den Stummen, dessen Signale niemand wahrgenommen hat.«

Sie verstummte. Auch mir war nicht nach reden zumute. Lange saßen wir so, im rötlichen Schein der Septembersonne, ohne etwas zu sagen. Erst als der Wind auffrischte, die Sonne wie ein lodernder Ball über dem Wald stand, erhoben wir uns. Gingen wortlos zurück und stiegen in unser Auto.

Und indem meine Freundin langsam anfuhr, warf ich einen letzten Blick hinauf zur Brücke mit dem blauen Geländer.

Es war mir, als sähe ich Davids Gestalt…

Brigitte Blobel

Brigitte Blobel
Herzsprung

Nina lebt in einer nach außen hin perfekten Familie.
Doch sie trägt schwer an einem Geheimnis, von
dem niemand etwas ahnt – Nina wurde von ihrem
Stiefvater sexuell mißbraucht. Kurz vor ihrem
15. Geburtstag steht Nina vor der Entscheidung,
ihr Geheimnis preiszugeben: Sie ist verliebt.

Arena-Taschenbuch – Band 2544. 224 Seiten. Ab 13

Arena LIFE

Ilse Kleberger
Schwarzweißkariert

Die neue Lehrerin der 9a stellt fest, daß Jane die
Klasse fest in der Hand hat. Jane ist die Tochter einer
Berlinerin und eines farbigen amerikanischen Solda-
ten. Als Janes Mutter stirbt, nimmt die Lehrerin sie bei
sich auf. In den Ferien fährt Jane auf Einladung ihres
Vaters in die Südstaaten der USA. Dort gerät sie in
einen tiefen Zwiespalt. Jane muß ihre Identität finden.
160 S. Arena-Taschenbuch – Band 2533. Ab 13

Arena
LIFE

Arena LIFE

Ilse Kleberger
Die Nachtstimme

Benjamin schafft nach einer langen Krankheit den
Anschluß in der Schule nicht mehr. Die Mutter meint
es gut und macht alles falsch. Er verliert die Lust am
Leben und gerät an den Alkohol. Als er in seiner Ver-
zweiflung nachts bei einer Telefonseelsorge anruft,
hört er die Stimme einer jungen Frau, die für ihn Hoff-
nung bedeutet. Benjamin will die »Nachtstimme« kennenlernen, doch da gibt es ein Geheimnis.
152 S. Arena-Taschenbuch – Band 2523. Ab 13